お腹の裏のざらりとしたところを
撫でられ、痛みにも似た刺激を感じて
マリアンヌは高い声を漏らす。
「ここか」
「いやっ。そこは……んぁ、
や、だめ……ぇ……」
今までとは比べものにならないぐらいの
痺れを感じて腰を浮かせる。

じゃじゃ馬王女は野獣王子に娶られる

～溺愛が波瀾万丈です!?～

水城のあ

Vanilla文庫

CONTENTS

イラスト／鳩屋ユカリ

プロローグ

自然とお互いの顔が近づいて、気がつくとマリアンヌの小さな唇は男のそれと重なっていた。

「……」

唇と唇が触れあった瞬間、ハッと我に返る。でももうその時には男の濡れた唇はマリアンヌのそれを深く覆っていた。

まだ出会って数日の男性と、しかも普通の王女なら口づけどころか言葉を交わす機会もないような男とキスをしてしまっている。

どうしてこんなにも彼に心惹かれてしまうのだろう。

「ん……ぅ……」

男の膝の上で息苦しさに小さく鼻を鳴らすと、さらに強く抱き寄せられて身動きが取れなくなる。

次第に身体が火照ってきて、鼻から漏れる息も熱い。固く引き結んでいた唇を何度も吸い上げられ、その甘美な刺激にマリアンヌの唇から甘ったるい吐息が零れた。

「はぁ……ん……」

わずかに開いた唇の隙間からぬめる舌が滑り込み、小さな舌に擦りつけられる。大きな手のひらで背中を撫でられ、その優しい仕草にマリアンヌは初めての口づけに身を任せた。

「ん……」

熱くぬめる舌はマリアンヌの中を探索するようにゆっくりと動き回り、時折からかうように小さな舌の上に擦りつけられる。

本当はこんなことを許してはいけない。いくら自分が彼を求めたとしても、身分が違いすぎる。きっと本当の自分を知ったら彼は逃げ出してしまうだろう。

頭ではそうわかっているはずなのに、男の口づけを拒むことができない。それどころか自分からねだるように一層顎を上げてしまう。

ヌルヌルと舌が擦れ合うたびに身体に震えが走り、マリアンヌの唇の端から滴が零れ、白い喉を伝い落ちていく。

男の舌が滴を辿るように素肌を舐め、マリアンヌはその甘美な刺激に身体を戦慄かせた。なんて……素敵な口づけなんだろう。これ以上はだめだとわかっているのに、この甘い刺激を与えられるのならすべてを投げ出してもいいという気持ちにすらなってしまう。

生まれて初めての口づけは、マリアンヌの記憶と身体に一生忘れられないほど深く刻みつけられた。

1

殺気と活気が入り交じった空気に、聞き慣れない怒声。それが日常だと知らなければ喧嘩をしているのではないかと思うほどの大声で怒鳴り合う男たちの姿に、ふたりの少女は興味津々の眼差しを向けた。

正確にはひとりは好奇心たっぷりの顔で目を丸くして、もうひとりは声の大きさに怯えているのかわずかに首を竦めている。

ここは貿易港を有するヴェルネ王国の港街で、そこで暮らす者にとっては日常的に目にするさして珍しくもない光景だが、少女たちにとってはそうではないらしい。

年の頃は十七、八。グレーのマントを頭からすっぽりとかぶっているので顔が隠れ一見地味に見えるが、マントの合わせから垣間見える肌は驚くほど白い。身に着けているドレスはどこかの使用人のお仕着せのようだが、実際はかなり高級な生地で仕立てられている。裕福な貴族に仕える侍女と言った出で立ちだ。

ふたりがこの街に慣れていないのは明らかだ。その証拠に少し進んでは珍しい品を扱う露天商の前で立ち止まり、また歩いては籠を抱えた物売りに呼び止められるということを繰り返している。

地元の人間なら興味のない呼びかけにいちいち耳を傾けないし、用もない露天商で立ち止まったりしない。有り体に言えば、ふたりはその街では浮いた存在だった。気づいていないのは本人たちだけで、街の人々はそのふたりを興味深げに観察していた。

好意的な眼差しがほとんどだが、その中にはほんの一握りだが悪心を持った者がいるもので、そんな輩（やから）に一目で獲物だと認識されてしまうだろう少女たちに、街の人々は心配と同情の眼差しを向けていたのだ。

ヴェルネ王国では先日王太子が任命されたばかりで、ここ数日でそれに伴う式典が行われたこともあり、いつもとは違う顔ぶれが街に溢（あふ）れている。地元の人間でさえ、ここ数日は見慣れない人間に警戒しているのだ。

港街に出入りする男はやはり船乗りが多く、皆屈強な体躯（たいく）を持つ日に焼けた男たちばかりだ。時折貿易会社を経営する貴族やその関係者で、船乗りたちから優男と呼ばれるひょろりとした人間も見かけるが、やはりこの街では圧倒的に気性の荒い強面（こわもて）の男たちが多い。

そんな男たちの眼差しなど気にならないのか、ふらふらと桟橋まで歩いてきていた少女たちは、青い空に高々とマストを伸ばす帆船を見上げて口を大きく開けた。

「わぁ……すごい！」

ひとりが感嘆の声をあげると、片割れにしがみつくように腕を絡めていた少女も小さく感想を漏らす。

「すごいとは思うけれど……本当にこれで旅ができるのかしら？」

どうやら木でできた船が大海原を渡っていくことに半信半疑のようで、感嘆には至らないらしい。すると最初に言葉を発した少女がまるで自分のことのように誇らしげに言った。

「できるに決まってるでしょう？　この船がどこの国のものかは知らないけれど、一週間も二週間も、ううん、国によっては一ヶ月もかけて海を渡ってきたの。無事だからこそ今ここに停泊しているのよ。見て！　なんて美しい船なのかしら」

「でも……年に何度かは海難事故の話を耳にするじゃないの」

「そんな危険があるとしても海の男は船に乗ることをやめられないってお父様が言っていたじゃない。私もいつか船に乗って旅をしてみたいわ！」

きっぱりと言い切られて、気の弱そうな少女は恐ろしげにぶるりと肩を震わせた。

「私は無理だわ……やっぱりマリーは勇気があるのね」

マリーと呼ばれた少女、マリアンヌはわずかに眉間に皺を寄せたため息をついた。

「ミレイユはもう少し技術とか産業に興味を持った方がいいわ。技術力は日々進化しているのだし、あなたは大国アマーティの未来の王妃なのだから」

「そ、そうね」

おずおずと返事をしたもうひとりの少女、ミレイユは小さく頷(うなず)いた。

先ほどから港の人々の注目を浴びているふたりは、実はこの国のヴェルネ王リュシュアンと王妃ジゼルの間に生まれた双子の王女だった。

おっとりとして気弱そうにみえるのが姉のミレイユ、それに反して元気で潑剌(はつらつ)とした方が妹のマリアンヌだ。

父王譲りのとろりとした蜂蜜のように艶のある金の髪に、王妃にそっくりだと言われる濃い瑠璃色の瞳は人目を惹き、初めてふたりが並んでいる姿を目にしたものはその対となる美しさに必ず感嘆と賞賛のため息を漏らす。

そして容姿は合わせ鏡のようにうり二つなのに性格は対照的で、深窓の姫君らしくなよやかで控えめな性格が姉のミレイユ、快活できかん気なところがあるのが妹のマリアンヌと、口を開けばふたりがすぐに別人だとわかるのだった。

ふたりは妹マリアンヌの提案で、式典続きの日々の息抜きにとお忍びで港街まで降りてきていた。

ここ二週間ほど外国からの賓客のもてなしとして連日の舞踏会や晩餐会(ばんさんかい)、女性客とはお茶会や園遊会と、王女のふたりは接客にかり出された。

たまにそういった催しがあるなら楽しめるが、連日となると堅苦しい社交が苦手なマリアンヌには拷問に等しい。

しかも生まれて間もなく隣国アマーティの王子エリックと婚約をしたミレイユとは違い、まだ決まった相手のいないマリアンヌは賓客たちの注目の的で、花嫁の下見で派遣されたと思われる大使や貿易取引国の王子など、舞踏会では次から次へとダンスの相手としてホールに引っぱり出された。

子どもの頃から顔見知りの貴族の子弟たちと踊るならおしゃべりも楽しいが、相手が国賓となるとそうもいかない。常に愛想笑いを浮かべて踊るのでは退屈で大好きなダンスも嫌いになってしまいそうだった。

そんな自分と比べて姉のミレイユは申し分のない姫君で、本人の意思に関係なく決められた許嫁なのに、さして不満を漏らすことなく付き合っている。

引っ込み思案のミレイユと外面だけは礼儀正しい王子の鏡のようなエリックでは、お互い気を遣い合っているせいか微妙に他人行儀にみえるが、それもまたお似合いのカップルだと思っていた。

実はエリックは見た目通りの王子様ではない。マリアンヌ相手には涼しい顔で辛辣なことも口にするし、マリアンヌもそれに負けず言い返すという、いわば好敵手だった。

エリックと結婚したいとは思わないが、どうせ結婚するのならなんでも言い合える相手がいい。

父王は少女時代の母に一目惚れをして結婚を申し込んだのだという。もちろん母も一目で父と恋に落ちたそうで、その話を聞いたときは、いつか自分にもそんな出会いがあるのではないかと期待した時期もあったが、現実はそう簡単ではない。

いつまでも義務から逃げているわけにいかないし、それがこの国の王女として生まれた自分の務めだと十分承知している。

というわけでこの式典期間中ずいぶんと我慢して王女として頑張っていたが、とうとう耐えきれずにお忍びで街に遊びに出かけてきたという経緯があるのだ。

マリアンヌの予想通り任命式のために入港していた外国船でいつもより桟橋は混み合っていて、明らかに外国人だとわかる人も歩いており、その服装や風貌を観察するのも面白い。

ミレイユは気づいていないようだが、それと同じぐらいあまり人相のよろしくないならず者といった風体の男たちがうろついているのが少し気になった。

父王の話ではヴェルネに入港する船はきちんと管理され不正な取引をする者や海賊まがいの船は入れないと聞いていたが、思っていたよりも治安が悪くなっているような気がする。

すでに弟リュック王子の王太子任命に関わる行事は終了していて、昨日あたりから外国の賓客たちの帰国が始まっていたが、この流れに乗じて悪い輩が入り込んでいるのなら、これからヴェルネの治安は大変なことになる。

父王は気づいているのだろうか？　マリアンヌは両親にも内緒で王宮を抜け出したことも忘れて、父王に急ぎ進言しようかと考える。

父王ならお忍びに渋い顔はしても、マリアンヌの進言を女の戯言と聞き流すことなどしないはずだ。

普段から公務のない日は乗馬をしたり父に習ってアーチェリーをしたりとふたりで過ごす時間も多く、公務嫌いのマリアンヌを笑って窘める程度に留めてくれている。

おっとりしているもののそつなく公務をこなすミレイユと比べられても仕方がないのに、父王は決してそんなことはしない。

姉のミレイユはとにかく頭がいい。気弱そうにみえて、貴婦人としての知識を完璧に兼ね備えているので、その場に応じてきちんと振る舞うことができる。ミレイユの隣にいて劣等感を覚えずにいられるのは、父が自分たちふたりのことを別々の人間として扱ってくれるからだ。マリアンヌはそんな父王を心から尊敬し、誰よりも愛していた。

「幼い頃からエリック王子と婚約をしているミレイユはいいけど、私は国のために外国へお嫁に行くかもしれないじゃない。結婚なんて正直面倒くさいと思うけれど、嫁入りのためにこの大海原の先を見ることができるのなら悪くはないわ。アマーティに嫁ぐなら馬車で移動するしかないから船には乗れないもの」

「あら、アマーティもいいところじゃない。私は……好きだわ」

ミレイユは、自分のものが汚されたような顔でわずかに頬(ほお)を膨らませる。

件(くだん)のエリックはふたりよりも二歳年上で、双子が生まれてすぐに長女のミレイユとの婚約が内定した。

大国アマーティとヴェルネは山脈を挟み隣り合う友好国で、数代前のヴェルネ王がアマーティの王子だったこともあり、今も両国には強い繋(つな)がりがあった。

マリアンヌも幼い頃訪ねたことがあるが、広大な領土から産出される希少鉱石で知られた非常に豊かな国だ。ミレイユはそんな大国の王妃の座が約束されている。

ヴェルネでは双子の場合、先に生まれた方が妹、あとに生まれた方が姉と定められているが、もし自分があとに生まれていたら？　マリアンヌはふとそんなことを考えることがある。

しかし物心ついた時にはもう婚約者が決められているなんて、マリアンヌとしてはゾッとしてしまう。従順なミレイユは疑問に思うことなく受け入れているが、神様はそんな自分の性格も考えて妹としてお選びになったのではないかと思うこともあった。

それにマリアンヌにもこれまで結婚の話がなかったわけではない。ただ具体的な相手の名前が挙がっていないだけだ。

これは外交的に有利となる男性へ嫁がせるための国の戦略で、これまでにも何度か噂(うわさ)レベルで外国の王子の名前や国内の有力貴族の名前は聞こえていた。しかし国として無関心を決め込んでいるために、それ以上の話がマリアンヌの元に届くことはなかった。

相手が誰にしろ、近い将来父王が選んだ男性の元へ嫁ぐことが王女としての義務だと覚悟しているが、それなら国内の有力貴族相手より、まだ見ぬ海の向こうの外国の方がマシだと密かに思っていた。

「お嬢ちゃんたち、そんなところでふらふらしていると攫われっちまうぞ‼」

船の上からふたりの様子を見ていた船乗りのからかうような声に、マストを見上げていたマリアンヌはその声の主を探す。

声音は怒声に近いが、その内容は少女たちを気遣うものだ。船乗りは元々気性の割に心優しい男が多いのだ。

マリアンヌは大声に驚いて腕にしがみついた姉に苦笑いを浮かべると、船の上の男に向かって余裕たっぷりに手を振って見せた。

「マ、マリーったら！　やめてちょうだい‼」

高く上げた腕をミレイユに強く引き戻されて、マリアンヌは我慢できずに笑い声をあげた。

「そんなに怖がる必要はないわ。からかわれただけよ。姉様が怯えているのを見抜かれただけですもの」

「だって、本当に攫われてしまうかもしれないじゃないの！」

その言葉にマリアンヌは再びクスクスと声を漏らし、男にもう一度手を振ってから腕にしがみついている姉を伴って歩き出した。

「マリーは男の人が怖くないのね」

「なにが怖いの？　気のいい水夫だったじゃないの」

「でも……身体だって大きいし、あの人たち今にも私たちを船の上へ担ぎあげそうだったわ」

　まるで男が追いかけてくるのを心配するかのように後ろを振り返ったミレイユに、マリアンヌは肩を竦めて見せた。

「相変わらず弱虫ね。もしそんなことになったら不意を突いて急所を蹴り上げろって、いつもお父様がおっしゃっているじゃないの」

「まあ！」

　片割れはその言葉に目を丸くして、わずかに顔を赤くした。どうやら急所を思い浮かべて恥ずかしくなったようだが、マリアンヌにとって敬愛する父の教えは間違いないものなのだ。

　自分は父によく似ていると思う。見た目ではなく内面が、という意味だ。

　怒ると怖い人だが、家族に対して愛情が深い。ミレイユとマリアンヌを文字通り目に入れても痛くないほど可愛がってくれているし、なにより結婚して二十年も経つというのに母にぞっこんなのだ。

　ふたりの仲睦まじさは王宮内の誰もが認めるところで、人目もはばからず母をかまい倒しているところなど見ると、娘たちはやれやれとため息をついてしまうほどだ。

　自分も父のように家族を大切にする人と出会いたい。政略結婚の相手にそんなことを求めるのは間違っているかもしれないが、せめて結婚相手が決まるまではこうして自由を満喫するぐらいは許されてもいいはずだ。

　マリアンヌがそんなことを考えながら大きな道を横切ろうとしたときだった。一際大きな荷馬車のガラガラという音が辺りに響きわたる。

「ほらほら！　そんなところに突っ立てると轢いちまうぞ!!」

　賑やかな露店に視線を向けていた少女たちは、荷馬車を操る男に怒鳴りつけられて慌ててレンガ造りの倉庫の壁際に飛びすさった。

　すると通り抜けざまに車輪が轍にたまった泥水を跳ね上げ、ふたりに向かって飛沫を上げる。

「きゃ……ッ!!」

　ガラガラと派手な音を立てて駆け抜けていく荷馬車をやり過ごせたことに、マリアンヌとミレイユはどちらからともなくホッと安堵のため息を漏らした。

「ああ驚いた！　ミレイユ、大丈夫？」

「え、ええ……マリーこそ、私をかばったから、ドレスが汚れてしまったのではなくて？」

その問いにマリアンヌは手を伸ばして泥水で汚れてしまったマントをはらった。幸いマントの中までは泥水が染みていないようだ。

「大丈夫よ。ドレスは汚れていないみたい。せっかくこっそり抜け出しているのに借り物のドレスを汚してしまったら、協力してくれた侍女にも迷惑をかけてしまうから助かったわ」

「ねえ。私たちが抜け出したこと、気づかれていないかしら？」

「心配ないわ。今日は連日のもてなしで大忙しだった侍女たちのほとんどが休んでいるはずですもの」

王太子任命式のためにヴェルネを訪れた賓客のもてなしで忙しかった使用人たちに、父王の計らいで今日は特別に休暇が与えられていた。

王宮内に残っているのは最低限の使用人や料理人だけで、それもあってお忍びでたやすく王宮を抜け出すことができたのだ。いつものようにたくさんの侍女たちに囲まれているときなら、ふたり揃って抜け出すことなどできなかっただろう。

せっかくの機会なのだから、満喫しなければもったいない。このあとはどこを見て回ろうか。マリアンヌがそう考えたときだった。

「おふたりとも、そろそろ王宮に戻りましょう」

間近で聞こえた男の声にマリアンヌは顔を顰めた。

「まだ来たばかりじゃないの。ディオンは心配性ね」

振り返ると声の主、ディオン・マルセルがマリアンヌに勝るとも劣らない渋面を作って立っていた。

「当たり前でしょう。マリアンヌ様に言いくるめられてお供しましたが、ここは人が多すぎる上におふたりは目立ちすぎます。なにかあったときおふたりをお守りする自信がありませんと申し上げているんです」

ディオンはマリアンヌに向かっていつもより澄ました口調で、きっぱりとそう言い切った。

彼は父の側近で親友でもあるマルセル侯爵の息子で、現在は王宮内の近衛隊予科生として訓練中の身だ。将来的には弟の元で側近として仕えてくれるはずだ。

しかし弟の側近である前に双子にとっては、特にマリアンヌにとっては仲のよい幼馴染みでもあり、そのこともあって彼の方が歳はひとつ下だが、マリアンヌに向かってはっきりとものを言う。

ディオンは父譲りの白金髪を揺らしながら辺りを警戒するように視線を巡らせる。不審人物がいないか常に警戒しているのだろう。

しかしマリアンヌは楽しんでいるところに水を差された気分でディオンを睨みつけた。

「人が多いのはいいことじゃない。もし私たちを攫おうとしたって、街の人の目があるのだからそんなに簡単なことではないでしょう？」

「バカを言うな。その人混みに乗じてちょっかいをかけてくる輩はいくらだっているんだぞ」

ディオンが友人として接するときの砕けた口調で言ってから背後に気を配り声を潜めた。

「さっきから、怪しい奴らがおまえたちのあとをつけてきている。露天商を見て回っているときならわかるが、桟橋でもおまえたちを見ていた」

「……え？」

そういえば自分も桟橋で目付きの悪い男たちがいると心配していたのだ。思わず辺りを見回しそうになるマリアンヌをディオンが制する。

「振り返るな。気づいてないふりをしろ」

「……気のせいということはないの？」

せっかくならもう少しこの時間を楽しみたいマリアンヌはディオンに疑わしげな眼差しを向ける。

「いや、多分間違いない。今すぐミレイユ様を連れて馬車に戻ろう」

いつになく真剣な顔で言い切られて、マリアンヌは観念してため息をついた。

「いいわ。帰りましょう」

これまでもディオンには何度かお忍びに付き合ってもらったが、こんな顔をするのは初めてだ。予科生とはいえ精鋭の近衛隊員の彼が言うのだから間違いない。

マリアンヌは心配そうにふたりの様子を見つめていたミレイユに笑顔を向けた。

「ミレイユ、そろそろ帰った方がいいみたい」

妹の笑顔に安堵したのかホッとため息を漏らす。

「あら、あなたリュックにだけお土産を買いたいって言っていたじゃない」

「そうだったわね。じゃあさっきの露店だけ見て帰りましょうか」

気の弱いミレイユを不安にさせないためにも、なるべく普通に振る舞った方がいい。チラリとディオンを振り返ると小さく頷き返してきたので、マリアンヌは姉の腕を引いて露天商へと足を向けた。

リュックのために精巧に作られた船の模型を、そして姉妹お揃いの貝殻のブレスレットを買って何事もなかったように歩き出す。

馬車が止まっているのは少し繁華街から外れた場所で、そこまで歩いて行く間が一番危険だ。すると人気が少なくなったとたん、ずっとマリアンヌたちの様子を窺(うかが)っていたと思われる男たちが少しずつ間合いを詰め始めた。

この先人気がなくなったところで一気に襲ってくるつもりだろう。

「ディオン」

マリアンヌは手にしていた包み紙を預けながら彼の耳に唇を寄せる。

「いい？　次の角で私が躓いたふりをするから、あなたは先に角を曲がってミレイユを連れて走って。私はギリギリまで引き付けてから追いかけるわ」

「だめだ！　マリー‼　この場合囮になるなら俺だろう」

すんなりと頷くと思っていたディオンの鋭い言葉にマリーは驚いて顔を上げた。

「どうしたの？　私の足の速さならあなたが一番わかっているでしょ。あなたにだって負けないわよ？」

「そうじゃない。あいつらは多分最近港に出没しているという人攫いの一団だ。女子どもを攫って外国で売るらしい。俺なら万が一捕まっても殴られるぐらいだが、おまえだったらそのまま連れ去られる」

「大袈裟ね。逃げるって言ったでしょ。親友のくせに寝ぼけたことを言わないでちょうだい」

マリアンヌはため息をついてディオンを睨みつける。

「あいつらが人攫いなら好都合だわ。あなたたちに追いつけないと思ったら無理に追いかけず私だけでもなんとかしようと思うでしょ。それにあなたにはミレイユをお願いしたいの。彼女はアマーティの未来の王妃よ？　お願い、ミレイユを守って。あなたなら安心してミレイユを任せられるわ」

「……」

ディオンは答えなかったが、ミレイユを守るためにはその方法しかないと諦めたのが表情を見ていればわかる。あとはミレイユを必ず守ると言わせれば、彼は間違いなく約束を果たしてくれるだろう。

マリアンヌは手を伸ばし、ディオンの腕に触れた。

「ディオン、約束して。ミレイユを守るって」

想(おも)いを込めて、ディオンの顔をジッと見つめる。マリアンヌのそんな真摯な眼差しに、ディオンはため息交じりに渋々と言った態で頷いた。

「……わかった。ミレイユ様は必ず守る。だからおまえも調子に乗って無茶(むちゃ)をするなよ？」

釘(くぎ)を刺すのを忘れない幼馴染みにマリアンヌは笑み崩れながら、今度はミレイユの耳に唇を寄せる。

「ミレイユ、そこの角を曲がったら走って。振り返っても立ち止まってもだめよ」

「……マリー？」

「立ち止まらないで。わけはあとで説明するから今は言うことを聞いて」

ミレイユはなにかを察したのか、不安げな表情で頷いた。あとはマリアンヌが上手(うま)くやるだけだ。

ディオンと決めた曲がり角まで来ると、マリアンヌはふたりが角の向こうに姿が消えるのを確認してから躓いたふりをしてその場にうずくまる。

すぐにバタバタと遠ざかる足音を耳にしながら手を伸ばし地面の砂を握りしめた。ふたりの足音が聞こえなくなったのと同時に今度は背後から足音が近づいてくる。

「お嬢さん、大丈夫ですか？」

マリアンヌは小さく息を吸い込んでから、今にも泣き出しそうな表情を浮かべて声の主を見上げた。

「……足をくじいてしまったようで」

「それはそれは、もしよろしければ私の店でお休みになってはいかがですか？」

そう言った男は服装こそ商人風だが、言葉には訛りがありヴェルネの人間とは思えない。

もちろん外国人がヴェルネで商売をしていることもあるが、なんとなくこの男の言っていることに真実味を感じられなかった。

「大丈夫です。連れもおりますから」

試しにやんわりと断りの言葉を口にしたが、男は引き下がるどころかさらに言葉を続けてくる。

「お連れの方は……いらっしゃらないようですよ。先に行かれたのでは？」

そう言って首を伸ばし角の向こうを見た男の表情に、一瞬だけ残念そうな光が浮かんだのをマリアンヌは見逃さなかった。

「あら……先に行ったのかしら」

「ではおうちまでお送りしましょう。私の店は本当にすぐそこなんです。馬車をご用意しますから。ああ、ちょうどうちの者もまいりました」

「……っ」

ドキリとして振り返るといつの間にか商人風の男よりさらに一回り柄の大きな、屈強な体つきの男がふたり、すぐそばに立っている。顔も気合いが入っていて、厳(いか)つい顔に無理矢理(むりやり)笑みを浮かべているものだから余計胡散臭(うさんくさ)く見えることに本人たちは気づいていない。

最初の男ひとりぐらいなら急所を蹴り上げて逃げることができそうだが、このふたりに拘束されてしまったら簡単には逃げ出せなさそうだ。

「さあさあ、遠慮なんてなさらないでください。先ほど港でお見かけしてから是非我が家にお招きしたいと思っていたのです」

「いえ、本当に大丈夫ですから」

マリアンヌはサッと立ち上がる。しかし大柄な男たちに間合いを詰められ、目の前に立ちはだかられてしまった。

素早く脇を通り抜けようとしたけれど、太い腕を突き出されて行く手を阻まれる。その時タイミング悪くマリアンヌの頭を覆っていたフードがずり落ちてしまう。

「あ」

グレーのマントの下から現れた見事な蜂蜜色をした髪に、男たちがため息を漏らした。

「ほう、こりゃ上玉だ。あんたのようなお日様みたいな金髪は御大尽様には一番人気があるんですよ。それに顔立ちもお人形のように可愛らしい。お連れの方を逃がしてしまったのは惜しいですが」

商人風の男の値踏みするような言葉に、マリアンヌはこの男たちが人攫いの一団であることは間違いないと確信する。そしてこのまま自分を攫うつもりらしい。

普段のヴェルネなら街の護衛官がしっかり取り締まりこんな輩がうろつくことはないが、王太子任命式のお祭り騒ぎで仕事が増えて目が届かないのだろう。

「お嬢ちゃん、そんなに怯えた顔をしなくても、あんたみたいな綺麗な娘なら御大尽様が飽きるまで可愛がってくれるさ」

「そうそう。あんたなら奴隷じゃなくて寵妃としてだって欲しいって金持ちはいるから安心しな」

大柄な男ふたりが下卑た笑いを浮かべながら目配せを交わす。

三人ともすっかりマリアンヌを捕まえた気になっているようで、あれこれと算段を口にしているが、もうこちらが諦めたと思っているらしい。

「ではお嬢さん。一緒に来ていただきましょうか」

商人風の男が当然のようにマリアンヌに手を差し伸べる。

三人の油断した様子を見て、マリアンヌはしゃがんだときに手に握りしめた、砂の交じった砂利を男の顔に向かって思いきり投げつけた。

「うっわぁ‼」

砂利の攻撃をまともに食らった男はよろけて、大柄の男ふたりの方へ倒れ込む。慌てる三人に向かって、もう一方の手の中の砂をぶちまける。

「わぁ……っ！」

「くっそっ！」

男たちが腕で顔を覆い怯(ひる)んだ隙に、マリアンヌはパッと駆け出した。

できればミレイユたちのあとを追いたかったが、男たちがすぐに追ってこられないようにわざと脇をすり抜けて港の方に向かう。三人を撒(ま)いてから辻馬車(つじばしゃ)を拾うか、最悪のときは警備隊の事務所に駆け込んでもいい。

「待ちやがれ！」

すぐに追いかけてきたお約束の言葉に、マリアンヌはさらに足を速める。ただ走るだけなら、子どもの頃から男の子たちに負けたことはないのだ。

ドレスは簡素なものだから足は動くが、纏(まと)っているマントが思っていたよりも動きの邪魔をする。いっそ脱ぎ捨ててしまおうかと思ったが、人混みに出たときに身を隠すために必要だと思いたくし上げるだけに留めた。

実はこの辺りは子どもの頃ディオンたちと何度か探索をしたことがある。正直記憶に自信はないけれど、男たちの気を惹きながら港まで駆け抜けるつもりだ。

その間にディオンがミレイユを王宮まで連れ帰ってくれるだろう。

マリアンヌは男たちが適度な距離で追いかけてくるのを確認してから十分な距離をとるためにまた速度を上げた。

2

人混みに出たら適当に撒いて王宮に戻るつもりだったマリアンヌは、予想外の追っ手のしつこさに手を焼き、疲労を覚えながら荒い呼吸を繰り返した。

「はぁ、はぁ……っ」

路地裏を走り回ったあと大通りに出て人混みに紛れたのだが、すぐに男たちに姿を見られてしまう。まるでマリアンヌの頭からのろしでも上がっているかのようだ。

もちろん最初は少しでもミレイユたちから引き離すためにわざと姿を見せながら逃げたのだが、ここまで食いつかれるのは想定外だった。

子どもの頃から幼馴染みたちと走り回っていたと言っても、普段は王宮内で暮らしている王女な上に、男と女ではやはり体力が違いすぎる。それに時間がかかるのは街に慣れていないマリアンヌにも不利だった。

街に降りてくるときは途中まで馬車できたけれど、その馬車はミレイユたちが使っているはずだから、辻馬車でもなんでも拾って自力で王宮まで戻らなければいけない。

警備隊の事務所に逃げ込むという手もあるが、王宮まで警備隊に送られたら、きっと大騒ぎになる上に、両親からはこっぴどく叱られることは間違いないから最終手段にしたい。

まあ無事に王宮に忍び込めたとしても、すでにミレイユとディオンがすべてを話してしまっている確率が高いから、お説教は覚悟した方がいいだろう。

これまで王女らしからぬお転婆であれこれやらかしてきたマリアンヌを笑って見守ってくれていた父も、誘拐されかかったと知ったらさすがに激怒してしばらくは部屋に閉じ込められるかもしれない。

それはあまり嬉しくないかも。マリアンヌがそう思いながら顔を顰めたときだった。

「おい、あれじゃないのか！」

男の声が聞こえて、マリアンヌは振り返りもせず身を隠す場所を求めて再び走りだした。

しかし疲れきった身体はすぐに悲鳴をあげて、足が思うように動かなくなってくる。こんなところで捕まるわけにはいかない。万が一捕まったとしても、一瞬でもこんな粗野な男たちに触れられ屈服させられるのは嫌だ。

その一心だけで走り続けたが貿易船と思われる帆船がたくさん停泊する埠頭までくるのが限界で、男たちの目がないことを確認してから、マリアンヌはしばし身体を休ませるために地面に積み上げられた積み荷と思われる木箱の陰に身を隠した。

最初ふたりを逃がしたときは鬼ごっこの要領で、もっと簡単に逃げられると思ったのだ。

「どっちに行った？　まったくちょろちょろしやがって！」

　これまでで一番近くで聞こえた声に、マリアンヌは木箱に身体を寄せて身体を硬くした。

「ったく、兄貴もとんだ生きのいい獲物に目をつけちまったな」

「まったくだ。他のふたりもどこに隠れたのか見あたらねえし、こんなに走りまわらされるならひとりぐらい捕まえねぇと割に合わねぇな」

「中身はともかく見た目は上玉だった。性格には難ありかもしれないが、なぁに売っぱらっちまえば同じよ」

　ずいぶんと勝手なことを言ってくれているが、訛りの雰囲気から顔が見えなくても先ほどの男たちなのは間違いない。話を聞いている限り、ミレイユとディオンは見つからなかったようだ。

　マリアンヌは別れ際に不安げに眉を寄せた姉の顔を思い浮かべながらホッと胸を撫で下ろした。

「おい。あの娘、この先に行ったのなら袋のネズミじゃないか」

「そうか、この埠頭の奥は俺たちの船だ。捕まえたらすぐに船倉に放り込んでやる」

「よし！　行くぞ！」

　そう言いながら遠ざかっていく声はふたり分で、商人風の男の声はしない。まさか男たちの船の近くへと逃げ込んだとは思わなかったが、残りの男もこの辺りにいるのなら鉢合わせしてしまう可能性もある。

それに積み荷の陰に身を潜めているが、目の前の船にも出航準備のために先ほどから積み荷や飲み水の入った樽（たる）などが運び込まれていて、そのうちこの木箱も動かされてしまうだろう。その前にどこかに逃げ込まなければならなかった。

マリアンヌは目の前で作業が続いている帆船を見上げた。

帆船は三本マストの大きな船で、運び込んでいる飲み水の樽の数からも、かなり遠くから航海してきた船だと想像できる。

昔、父に帆船がどうやって海を進むのか教えてもらった記憶がある。確か船は数本のマストといくつかの帆を調節し、主に風の力を推進力として進むのだ。構造はよくわからないが立派な船であることは理解できる。

自分も一度ぐらいはこんな船で広い大海原を旅してみたい。憧れの気持ちで帆船のマストを見上げた。

「おーい。最後の積み荷が届いたんだ。みんな手伝ってくれ！」

遠くから聞こえた声に応えて積み込みを行っていた男たちがぞろぞろとどこかへ向かっていく。気づくと船の周りには人気がなくなっていた。

マリアンヌはふと頭に浮かんだ考えを慌てて振り払う。そんなことをして見つかったら、また新たな問題が増えるだけだ。

そう思っているのに、視線は埠頭と船の間に渡された渡り板に釘付けになってしまう。

この慌ただしさの中なら追っ手も船の中までは確認しないだろう。ほんの少しの間やり過ごしたら船を下りればいい。そもそもまだ積み込みも終わっていない船なのだから出航の危険もないはずだ。

「……」

マリアンヌは覚悟を決め、辺りに人気がない瞬間を見計らって渡り板を駆け抜けた。

「おい、他の奴らはどこへ行ったんだ?」

「最後の積み荷が届いたそうですよ」

船に乗り込んだとたん人の声がして、マリアンヌは素早く甲板に積み上げられた木箱の間に身を隠す。木箱は縄と網を使って固定してあるから、船倉まで運び込まず甲板に置いておく荷なのだろう。

「ああ、昨日注文した薬草の荷だろう。これでやっと国に帰れるな」

「もうヴェルネに飽きましたか。若はすぐに退屈されますからね」

「おまえだってそろそろ国が恋しいだろう? よし、俺も手伝いに行ってくる!」

バタバタと渡し板を駆け下りていく足音を聞きながら、マリアンヌはホッとして木箱の隙間に座り込んだ。

主従の会話に聞こえたが、若と呼ばれていたのがこの船の主かその息子なのだろう。最後の積み荷と言っていたから、明日あたりに出航する船なのだろう。

それならこのままここで身を隠して、暗くなってから下船すればいい。その頃にはあのならず者たちも自分を探すのを諦めているだろう。

そうと決めたらホッとして、マリアンヌの唇から安堵のため息が漏れた。

「はぁ……」

とりあえずしばらくは走らなくてもいいのだと思うと、さすがのマリアンヌも脱力してしまいそのまま木箱に背中を預ける。

足の速さだけは遊び仲間の貴族令息たちの中でも抜きん出ていたので、男たちに捕まるはずはないと高をくくっていたが、体力の違いまで考慮していなかったことは反省要因だ。

子どもの頃は他にもアーチェリーに乗馬にと、父は面白がってマリアンヌを連れ歩いた。母は王女のすることではないと騒いだが、父は耳も貸さず鍛錬場で弓や剣の使い方を教えてくれたものだ。

さすがに剣は女の細腕には重すぎて扱えなかったが、その代わり短剣の使い方を教わった。もちろんそのことは母には内緒だが、これからはいざというとき武器になるように、短剣ぐらい持ち歩いたほうがいいかもしれない。

物騒なことをと言われるかもしれないが、自分やミレイユの身を守るためだと言えば父は賛成してくれるはずだ。

もちろんマリアンヌの頭の中に、それならお忍びに出かけなければいいと言う考えは少しも思い浮かばなかった。

「私はお父様に似ているのね。ミレイユやお母様のようにお部屋で本を読んだり刺繡(ししゅう)をするより、こうして身体を動かしている方が楽しいのですもの」

いつだったか、父に鍛錬場でそんなことを言った記憶がある。すると父はマリアンヌの頭を撫でてから、なにかを思い出しながら忍び笑いを漏らした。

「お父様？」

「いや、お母様も子どもの頃はかなりのお転婆だったと思ってね。ちょうど今のおまえぐらいの年頃だった」

いつもにこやかに微笑(ほほえ)んで父に寄り添っている母からは想像できない。マリアンヌはからかわれているのだと思い、微(かす)かに顔を顰めた。

「嘘(うそ)よ。私をからかっていらっしゃるんでしょう？」

「本当だよ。年頃の娘がドレスのスカートを膝までたくし上げて川で水遊びをしていた」

父の懐かしげな口調が、その言葉に真実味を与えていた。

確か父から母がまだ少女の頃、別荘地での休暇の際に出会ったとなにかの折に聞かされたことがあったが、まさかそれがふたりの出会いなのだろうか。

まだ半信半疑という顔のマリアンヌの頭を、父の大きな手がクシャクシャッと撫でた。

「おまえだって知ってるじゃないか。お母様が実は頑固者で、こうと決めたら譲らないところがあるのを」

確かに母にはそんなところがある。以前理由はわからないが父と大喧嘩(おおげんか)をしたことがある。小さな衝突は日常茶飯で最初はみんな気にしていなかったのだが、母は突然姿を消してしまった。

あの時は、母が弟を連れて実家のブーシェ伯爵家に帰ってしまったのだが、父が迎えに行って相当機嫌をとって連れ帰ったと聞いたことがある。

「それに実はお母様は乗馬も得意だ。おまえが乗馬好きなのはお母様に似ているのかもしれない」

母を愛する父に、美しい母に似ているところがあると言われてとても嬉しかったのだ。

もうそれだけで今すぐに両親に会いたくなった。こんなところで捕まって、奴隷として売られるなんてまっぴらごめんだ。

空はやっとあかね色に変わり始めたばかりで、夜の帳(とばり)が降りるまでにはあと少し時間がある。もうしばらくはここから出られなさそうだ。

マリアンヌは少しでも気配を消せるようにと積み荷の間で目を閉じて呼吸を整えた。

3

ゆらりゆらりと揺蕩(たゆた)うような揺れに身体が包まれている。

そう、ちょうど庭園のハンモックで読書をしていて、うたた寝をしてしまい風に揺られているときのような、そんな感覚に身を任せていた。

しかしその揺れはハンモックのように規則的な揺れではなく、時折身体が大きく突き上げられたり、そうかと思うと強引に反対側に引き戻されたりする。

その感覚がなんとも不快で、マリアンヌは自分になにが起きているのか確かめるために目を開けた。

まず最初に視界に飛び込んできたのは木の壁……ではなく、高く積み上げられた木箱だった。それを見て自分がどこにいるのか瞬時に思い出す。

ゆらゆらと揺れていたのは船の上だからだ。どうやらあまりにも疲れていたから眠り込んでしまっていたらしい。辺りは明るくなっているが日の高さはそれほどでもないから、早朝のようだ。まさか、一晩ここで眠り込んでいたのだろうか。

嫁入り前の娘が無断外泊なんて間違いなく父に怒られる。というか、今頃王城は大騒ぎで、今後の外出禁止は間違いない。マリアンヌは頭を抱えながら木箱の隙間から這(は)い出(だ)し、それから目の前に広がった景色に一瞬言葉を失った。

「……うそ、でしょ……」

マリアンヌの目前にはヴェルネの港街ではなく、どこまでも続く大海原が広がっていたのだ。

確かに目覚めたときに昨夜より潮の匂いが強く、湾内なのにこんなに船が揺れているのはなぜだろうと思ったのだ。

海の上だと思った瞬間、さらに揺れを大きく感じてしまい甲板に膝を突いたまましばらく動けなくなってしまった。

「……どうして……」

眠り込んでいる間に船が出航してしまった。こんなことがあるのだろうか。

船がいつ出航したのかはわからないが、この状況で一晩中眠り続けていた自分も信じられない。まだ呆然(ぼうぜん)とした頭でマストを見上げると、そこにはエーヴェという国の国旗がはためいている。つまりこの船はエーヴェの貿易船ということだ。

エーヴェはヴェルネよりも東方の国で、季節にもよるが船で一週間か十日ほどかかると、確か地理の時間に習った気がする。言語はヴェルネと変わらないはずだが、それ以上の知識はない。

このまま一週間もここに隠れていられるとは思えない。そもそも先ほどから喉が渇いて仕方がなかった。

考えてみればあれだけ走り回ったのに、昨夜から水の一滴も口にしてないのだ。お腹も空いているがまずは喉を潤したい。

幸い朝早い時間だからか、甲板に人の気配はない。今のうちに水飲み場を探そうと、マリアンヌが木箱の陰からゆっくりと姿を覗かせたときだった。

「うっわ！　女だ‼　こんなところに女がいるよ！」

いきなり背後から聞こえた甲高い少年の声に、マリアンヌは飛び上がりそうになった。

まさかいきなり見つかってしまうなんて運が悪すぎる。

振り返るとひょろりとした十代半ばと思われる少年が、マリアンヌの存在に目を丸くしている。まるで女という生き物を初めて見たとでも言いたげな顔だ。

「ラウ、なに寝ぼけてるんだ。船に女なんているわけがないだろう」

野太い声に大きな笑い声が続く。ラウと思われる少年は、マリアンヌを指さしてもう一度叫んだ。

「ホントだってば！」

マリアンヌは動揺しているラウの前でパッと立ち上がるとその横をすり抜ける。本格的に人が集まってくる前に姿を隠そうと思ったのだ。

しかし目の前にがたいのいい男がふたり立ち塞がる。正確には突然現れたマリアンヌに驚いて棒立ちになっていたというのが正しいが、小柄なマリアンヌには行く手を阻んで仁王立ちしているように見えたのだ。

こんなところで捕まったらどうなってしまうのだろう？

密航者として捕まるぐらいならマシな方で、船の乗組員は気が荒い男が多いと聞くから、事故とはいえ勝手に船に乗り込んでいると知ったら海に放り込まれるかもしれない。

船の上に法律などないからなにをされても文句は言えないし、密航はそれだけ重い罪なのだ。

しかもマリアンヌが隠れた船が出航してしまったことなど誰も知らないのだから、ここで海の藻屑(もくず)になったとしても誰に気づかれることもないだろう。

お金を払ってこの船の目的地まで乗せていってもらうことも考えたが、それにはいくらかかるのか、手持ちのお金で足りるものなのかもわからないし、そもそも貿易船がそんな取引をしてくれるかすらわからない。

ここは一旦逃げて船倉かどこかに隠れて作戦を立てた方がいい。

ラウのときと同じように男たちの脇をすり抜け、そのまま積み荷の間に身体を滑り込ませようと考えたときだった。

パッと目の前に姿を現した長身の男に真っ正面から体当たりしてしまう。

「きゃっ‼」

「あ、あなた……わっ‼」

港街でなら優男と呼ばれていそうな細身の男はなにか言いかけたが、マリアンヌはとっさにその身体を突き飛ばす。

するど本当に優男だったのか、それとも不意を突かれたからかはわからないが、細身の男がバランスを崩しそのまま派手に転倒した。

「ユーリ様！」

「なんだ、あの小娘は！　捕まえろ‼」

「待てっ！」

その場にいたふたりの男がマリアンヌに飛びかかってきた。

大男なのになかなかに素早い。しかし鍛錬場で予科生たちと走り回っていたマリアンヌはさらにすばしっこいので、太い腕の下をサッとかいくぐり身を翻す。

すると今度はもうひとりの大男とラウと呼ばれていた少年がマリアンヌを挟み撃ちにしようと両手を広げてジリジリと近づいてきた。

「お嬢ちゃん、痛い目に遭いたくなかったら大人しくしな」

「そっちのおっさんに捕まるより俺に捕まった方がいいと思うよ」

そう言われても、どちらに捕まったとしてもマリアンヌがひどい目に遭うのは間違いない。一瞬考えて少年の前に飛び出し、マリアンヌを捕まえようと伸ばした手を掴み引き寄せると、少年の身体を反転させて腕を捻り上げる。

父やディオンに仕込まれた護身術だが、大男相手に使うより、体型の近い少年に使う方が無駄な力を使わないで済むはずだ。

「うわ……いてててっ‼」

マリアンヌの予想通りラウはマリアンヌに易々と腕を捻り上げられ情けない声をあげる。

「この……っ、調子に乗りやがって！」

そう叫んで飛びかかってこようとする大男に向かってラウを突き飛ばすとふたりは派手にぶつかり合って、そのまま床の上でもんどり打った。

「うわっ！」

「くそっ‼」

すぐに背後でドタドタと新たな足音が聞こえてきて、マリアンヌはキリがないと思いながらサッと辺りに視線を走らせた。船の造りはわからないが、船倉へ逃げ込んではどうだろう。

船に乗るのは初めてでだが、以前耳にした話では船の中は何層かに分かれていて、そこに居住スペースや積み荷があるということだった。

運がよければそのまま積み荷に紛れ込めるが、逆に袋のネズミで捕まってしまう可能性もある。どちらにしろ次の手を考える時間稼ぎにはなるだろうと、マリアンヌはパッと身を翻す。

しかし振り返った瞬間マリアンヌの身体はすぐにひどく硬い壁にぶつかり、そのままその壁に弾き飛ばされて尻餅をついてしまった。

「キャアッ‼」

硬い甲板の床にお尻をしたたかに打ちつけ、唇から悲鳴が漏れてしまう。

「なんだ、この騒ぎは！」

あまりの痛みに逃げなければいけないことも忘れて顔を顰めたマリアンヌの頭の上で、間髪入れず男性の怒声が響く。それはまるでカミナリの閃光のようにマリアンヌの目の前でひらめいて、思わずその声の主を見上げた。

怒声の主はまだ二十代半ばの男性で、船上で過ごしているからかその肌は日に焼けている。顔立ちは意外にも整っており、それなりの服装をすればディオンたちのような貴族の子弟と並んでも遜色なさそうな容貌だ。

黒々とした髪は長くはないが、他の船員のように頭を布で覆っていないためにふわふわと潮風に弄ばれていた。

「若！　密航者です‼」

誰かが叫んだ言葉に、昨日耳にした会話を思い出す。確か男のひとりは若と呼ばれていたはずだ。

「こんな小娘ひとりに大の男どもが振り回されたって言うのか」

若と呼ばれた男は怜悧な刃物を思わせるような冷ややかな眼差しでマリアンヌを見下ろした。

「……ふーん」

値踏みするような眼差しでジッと見つめられて、マリアンヌはプイッと顔をそらし挑発的に顎を上げた。

それに若とやらは小娘と呼んだが、彼の方もそんなに歳が離れているようには思えない。年上と言ってもせいぜい五つか六つで、ヴェルネならまだまだ若造と呼ばれても文句は言えない。

この船の船主の息子で若いから若と呼ばれているという、最初の想像はあながち間違いではないのかもしれない。

「おまえ、どうしてこの船に潜り込んだ」

真っ直ぐに見据えられ、マリアンヌは心を決めた。この男には口先だけのいいわけなど通用しないと思ったのだ。

本当の身分を言うわけにはいかないが、事情を話して助けを乞う方が正しいと思わせる目をしている。マリアンヌを人攫いに引き渡すとか、代わりに売り飛ばすような卑怯な真似をする男には見えなかった。

「み、密航のために潜り込んだわけではないわ。実は……昨日ヴェルネの港で人攫いに目をつけられてしまったみたいで、追い回されてとっさにこの船に逃げ込んで隠れていただけなのよ。そうしたらいつの間にか船が出航してしまって……」

事情を話すマリアンヌの周りにはいつの間にかたくさんの船員たちが集まってきていて、大男たちに取り囲まれてしまっている。

これには普段から近衛隊の男たちと接する機会の多いマリアンヌでも居心地が悪くなってしまう。みんながまるで初めて女性を見たかのような目付きで見つめてくるから、マリアンヌは急にこの場にたったひとりの女であることが不安になってきた。

まさかここにいる男たちにひどい目に遭わされるのだろうか。一瞬そんな想像が脳裏をよぎりゾッとする。そんなことになったら、すぐにでもこの甲板から海に身を投げよう。自業自得とはいえ、そんな屈辱に耐えるつもりはない。

マリアンヌが決意を込めて唇を噛みしめたときだった。若と呼ばれていた男が周りを見回して大声で言った。

「おい、おまえたちいつまでここで油を売っているつもりだ！　ここから先は俺が預かる。さっさと持ち場に戻れ‼」

男たちはわずかに不満げな声を漏らしたが、逆らえないのか渋々持ち場へと戻っていく。

「これからが面白くなりそうなのに若の独り占めかぁ」

そう呟く声も聞こえたが、若とやらはニヤリと唇を歪めて男たちに笑い返す余裕がある。主と思われる男に軽口を叩けるほどに、人間関係がいい船なのだろう。

いつの間にかその場には最初にマリアンヌが突き飛ばした確か〝ユーリ様〟と呼ばれた男と若だけになる。

「立てるか？」

若はマリアンヌの二の腕を摑むと、まるで麻袋でも持ち上げるように無造作に、軽々と華奢な身体を引っ張りあげる。乱暴に立ち上がらされたマリアンヌは、そのまま腕を摑まれ甲板にある操舵室の隣の船室に連れて行かれた。

どうやら男の部屋らしく狭い部屋の中にはベッドがひとつと小さな机と椅子、それから衣類が溢れた小さな木箱とトランクが床に転がっている。

いくら大きな船でも貨物船だから、積み荷のことを考えれば自然と居住スペースが限られてくるのだろう。

「そこに座れ」

そう言われても椅子の上には本が高々と積み上げられていて、狭い船室には他に座れそうな場所はない。あとはベッドの上ぐらいだが、いくらふたりきりではないとはいえ、知らない男性のベッドに座るのは抵抗がある。

しばらく立ったまま辺りに視線を彷徨わせていると、若がため息をついてマリアンヌの手首を摑み無理矢理ベッドに座らせてしまった。

「それで？　おまえはなぜこの船に？」

子どもの頃から父以外からこんなふうに威圧的に、しかも見下ろされたことなどない。以前父が、犯罪者や敵を跪かせるのは相手に無力感を味わわせて、抵抗できないと思い知らせるためだと言っていたが、今やっとその意味がわかった。

高い位置から見下ろされ詰問されることはとても屈辱的だった。

見下ろされるのは好きではない。そう言いたいが、今はこの男を怒らせるのは得策ではない。マリアンヌが本当に言いたい言葉をグッと飲み込んで唇を引き結ぶのを見て、男は小さく息を吐き出した。

「俺の名はイザーク。こっちは俺の片腕でユーリだ」

自分も教えるから名を名乗れということらしい。

「……マリ……マリーよ」

マリアンヌは一瞬考えて愛称のみを告げた。するとイザークはわずかに眉を寄せマリアンヌを観察するように見つめる。それからユーリに向かって小さく肩を竦めた。

「この船はエーヴェに向かう貿易船だ。一応俺が船長ということになっている」

「……一応？」

「ああ、元々は親父（おやじ）の船なんだ。ヴェルネの王太子任命式に人が集まると聞き、せっかくだからと俺が船長を買って出た。物見遊山と仕事を兼ねた帰り道に、まさかおまえのような女を拾うとは思わなかったがな」

その言い方だと物見遊山がメインのように聞こえる。つまりはこのイザークという男はエーヴェの貿易商かなにかのボンボンで、一緒にいるユーリは放蕩（ほうとう）息子のお目付役というところだろう。

それならこの偉そうな態度も、船員たちが〝若〟と呼んでいたのもわかる。市井では跡継ぎのことを〝若旦那〟と呼んだりすると聞いたことがあった。

それにしても、エーヴェに向かっているというのは理解したが、船は今どの辺りを航行しているのだろう。

夜が明けてしまった今、ヴェルネではマリアンヌがいなくなったと大騒ぎのはずだ。父王に問われればミレイユは事情を話すしかないだろうし、ディオンはさらに厳しく責任を問われているだろう。

正直父王の怒りを想像したくないが、大人しいミレイユが責められていると思うとグズグズしてはいられない。一刻も早くヴェルネに事情を説明しに戻らなければならなかった。

「あの……このたびはご迷惑をおかけいたしました」

マリアンヌは先ほどまでとは違うしおらしい口調で言った。

嘘をつくときは相手の瞳と真っ正面から向き合うなと、ディオンに言われたことを実践してそっと目を伏せる。

「大人しいミレイユ様に涙目で見つめられたらどんな嘘でも信じるが、マリーのようなお転婆が真っ正面から嘘をついたらバレるに決まってるだろ」

そう言われたときは、男性には泣き落としが効果的なのだと理解した。しかし実際にはマリアンヌが真っ直ぐな性格すぎて、嘘をつくときに眼差しに迷いが出るということを、王宮に出入りする者なら彼女以外の誰もが知っていた。

もちろん自分自身がそんなふうに見られていることを知らないマリアンヌは、姉ミレイユのしおらしい口調を真似てみる。

「実は……私はヴェルネの貴族の娘です。先ほども申し上げたように……決して密航をするつもりなんてなかったんです。ただ……人攫いから逃げていただけなのです」

いいわけを考え考え話したのがよかったのか、意図せずたどたどしい話し方になる。しかし俯いているために男たちがどんな表情をしているのかわからない。

我慢できなくなったマリアンヌがわずかに視線を上げると、イザークがチラリと背後のユーリを振り返るところだった。

「そういえば昨日は港が騒がしかったな」

「ええ、私は船から下りていないのでわかりませんが、船員たちが人攫いの一団が入港しているらしいと噂をしていました。なんでもその者たちは行った先々の国で女、子どもを攫っては奴隷として外国の金持ちに売っているそうです」

ユーリの言葉にイザークは苦虫を噛(か)み潰(つぶ)したような渋い顔になる。

「なんだ、その胸くその悪い話は」

「我が国ではまだ被害の話を耳にしていませんが、ヴェルネのような貿易港は人の出入りも多いので、そういった組織の人間も入り込みやすいんでしょうね」

その声は冷ややかで理性的だ。被害者に同情すると言うよりも、淡々と事実だけを述べている口調にマリアンヌは、実はイザークよりユーリに恐れを感じた。

「供の者はいなかったのか？　みたところ……あなたはそれなりの家の娘だ。ひとりで出歩いていたとは思えないが」

先ほどまで乱暴に〝小娘〟とか〝おまえ〟と呼ばれていたのに、急に〝あなた〟と改められドキリとする。一応貴族の娘として扱ってくれるつもりなのだろうか。

「そ、それは……はぐれてしまって」

「女ひとり守れないとはずいぶんと使えない従者だな」

声に滲(にじ)んだ咎(とが)めるような言葉に、マリアンヌは思わず口を開いた。

「失礼ね！　ディオンはとても優秀よ！」

彼はマリアンヌの命に従ってミレイユを守っただけだ。信頼している幼馴染みを悪く言われてついムキになってしまう。

「ふーん。それならなぜあなたはひとりでここにいる？　そのディオンとやらが優秀ならあなたを無事に連れ帰ったはずだ」

「……っ」

本当のことを言いたいが、それを詳しく話してしまうと、マリアンヌがヴェルネの王女だと気づかれてしまう可能性がある。一国の王女が密航者に間違われたなどと知られたらミレイユの縁談にも国の評判にも傷がついてしまう。

「と、とにかくご迷惑をかけたことはお詫びいたします！」

マリアンヌは悔し紛れに早口で言うと、拗ねたようにプイッと顔を背けた。ミレイユのようにしおらしく振る舞おうとしていたことなど、すっかり頭の中から消えてしまっている。

そんなマリアンヌを、イザークは含みのある眼差しで見下ろした。不審がられるようなことを口にしてしまったかと不安になる目付きだ。

「……なに？」

あまりにも不躾にジッと見つめられていることもあり、尖った言い方になってしまう。

「いや、災難だったと思っただけだ」

同情してくれているのだろうか。だとしたらこちらの頼み事も口にしやすい。

「あの……お願いがあるのだけれど」

マリアンヌはイザークが自分のことをどう感じているのかわからず、探るように見上げた。

「なんだ」

「あのね、船をヴェルネに戻してもらえないかしら。どうしても今すぐにヴェルネに戻らなければならないの。ああ、積み荷のことを心配しているのならお父様がすべて買い取るとお約束するから安心して。もちろんそれとは別にお礼もお支払いするわ。だから」

船をヴェルネに戻して欲しい。そう言おうとした言葉はイザークの言葉に遮られた。

「馬鹿にするな！」

先ほど船員たちを怒鳴りつけたときより大きさこそ抑えられているが、明らかに怒りを含んだ言葉にマリアンヌはビクリと肩口を揺らし口を噤んだ。

「どこのお姫様か知らないが、航海は潮の流れや風を読んで進めるものだ。この船はエーヴェに向かうための絶好のタイミングで出航したのに、そんなに簡単に進路を変えることができないことぐらい船で働くものなら誰でも知っているぞ。万が一引き返すとしても風や潮の流れに逆らって、船員たちにどれだけの負担がかかると思っているんだ。それにあなたは積み荷を買い取ると言うが、エーヴェにはこの積み荷を待っている人々がいるんだぞ」

「……」

　イザークの言葉を聞き、マリアンヌはとっさになにも言い返せない。自分の発言があまりにも身勝手で自分本位だったと気づいたからだ。

　勝手に船に乗り込み許しを乞う立場の者が、あまつさえ金をちらつかせて船を戻せと言うのだ。相手の都合も顧みず、なんてわがままな娘なのだと思われても仕方がない。

　マリアンヌは演技でもなんでもなく、心から反省ししおしおと肩を落とす。少し考えればわかることなのに、自分の都合ばかりを口にしてしまった浅はかな短絡的思考が恥ずかしくてたまらなかった。

「……」

　すると俯いてしまったマリアンヌの頭上でイザークの狼狽えたような声がした。

「おい、まさか泣いているんじゃ……」

「イザーク様が言い過ぎたからですよ。こちらのお嬢さんは一応貴族みたいですし、一般常識のない世間知らずの令嬢なんですから、もう少しかみ砕いて諭して差し上げないと」

　ユーリの言葉はイザークを窘めるように聞こえるが、さり気なくマリアンヌを下げている気がするのは気のせいだろうか。しかしイザークはそれに気づかないようで、おろおろとしながらマリアンヌの前に膝を突いた。

「わ、悪かった。別にあなたを泣かせたかったわけじゃなく、簡単に船を戻すことはできないというのを理解して欲しかっただけだ」

自分はまったく悪くないのに罪悪感いっぱいの顔で狼狽えるイザークを見て、マリアンヌは落ち込んでいたことも忘れて噴き出してしまった。

「なんだ、泣いていたんじゃないのか？」

なぜマリアンヌが笑い出したのかわからないイザークは目を丸くする。最初は他の船員たちと同じようにただ厳つく乱暴な男かと思っていたが、思いの外女性に優しいことを知りホッとしてしまう。

可愛いところもあると言ったら、きっとイザークは目を剝いて怒鳴りつけてくるだろう。

マリアンヌは唇に微笑を浮かべて首を横に振った。

「違うの。あなたの言う通りだと思って自分の浅はかさを反省していたのよ。勝手なことを言ってごめんなさい」

マリアンヌは自分の後悔が伝わるように深々と頭を下げた。すると信じられないものを見るような眼差しでこちらを見つめるイザークに気づいた。

「なに？　私おかしなことを言った？」

「いや、その……あなたのような人間も頭を下げるのだと驚いただけだ」

「……え？」

イザークは貴族に偏見でもあるのだろうか。もしかしたら貴族にひどい態度をとられたことがあるのかもしれないが、王族だって自分が悪いと認めたら謝罪するのは当然だ。

実際マリアンヌも些細な出来事だが父に謝られたことがあるし、臣下や母に謝罪しているのを見たことがある。まあ母相手の場合は父がくだらないことで怒らせてしまって、平身低頭で頭を下げる犬も食わないやつだが。

「悪いと思ったから頭を下げるのは当たり前のことでしょ。本当にあなたの言う通りだと思ったからそれを伝えたまでよ。それより……あの、改めてお願いがあります」

マリアンヌの改まった口調に、イザークもその表情を引き締める。

「私をこのままエーヴェまで乗せていってください。今持っているお金では足りないでしょうから、なんでもして働くわ。その代わり私の衣食住となるべく早くヴェルネに帰れるようにエーヴェで船を紹介していただきたいの。家族はきっと突然いなくなった私を心配しているでしょうから。あなたは嫌がるかもしれないけれど、お借りしたお金はきっとお返ししますから」

この船はエーヴェまで向かうのだから、ヴェルネに帰るにはそれしか方法はない。普段のマリアンヌなら人の手など借りたくないと意地を張るところだが、心配しているであろう両親や姉の元へ一刻も早く帰るためには背に腹はかえられなかった。

しかしこの提案はイザークにメリットがない。なにかしら条件をつけられるだろうと身構えるマリアンヌの前で、イザークは意外にもあっさりと頷いた。

「わかった。その条件を飲もう。あなたを無事にヴェルネまで送り届けると約束する」

「……イザーク様、よろしいのですか？」

これまでイザークに意見するような言葉を一言も発しなかったユーリが訝るような眼差しを向けた。

「ああ、かまわん。それにあなたに謝礼を払ってもらうつもりもないぞ。あなたが対価としてこの船で働くというのだからそれで十分だ」

「ありがとう！　なんでもして働くから‼」

飛びつかんばかりの勢いで頷いたマリアンヌに、イザークはククッと喉を鳴らした。

「だがあなたは働いたことなどないだろう？　あまり期待しないでおくことにする」

「失礼ね！　これでも体力だけは自信があるのよ？」

「今からそんなに張り切るとすぐに音を上げることになるぞ」

「大丈夫よ！　任せてちょうだい！」

張り切って握りこぶしを作ってみせるマリアンヌを見て、イザークがまた声をあげて笑った。しかしすぐにユーリの視線に気づき、その顔を曇らせる。

「なんだ、なにか言いたそうだな？」

「いえ、イザーク様が決めたことですので」

　ユーリはすぐにイザークの問いを否定したが、その表情は硬く、イザークの決定に納得していないことは明らかだ。

　しかしイザークはそれ以上ユーリの態度を追及するつもりはないらしく、マリアンヌを伴って部屋を出た。

　ユーリはイザークに近しい部下のようだし、あのままにしておいていいのだろうかと思ってイザークを見上げると、彼はそれがわかっていたようにクスリと笑いを漏らした。

「あいつの態度は気にするな。俺の決めることに反対せずにいられない性格なんだ」

　彼は当たり前のように言ったが、それは部下としてどうなのだろう。首を傾げるマリアンヌにイザークはさらに言葉を続ける。

「あいつがいつも反対してくれるおかげで、俺は自分の決定が正しいのか考え直させられる。本当に自分が正しいのかどうか、上に立つ者として間違っていないのか自問するいい機会を与えられているから、あいつはあれが仕事なんだ。それにユーリの機嫌が悪い理由はそれだけじゃないぞ」

　イザークはからかうような眼差しでマリアンヌを見つめてから、少し離れてついてくるユーリをチラリと振り返った。

「え？」

「さっきの大立ち回りで、あなたにみんなの前で無様に転ばされたことを根に持っているんだ。あいつは頭はいいが運動はからっきしだ。俺の供だからと仕方なく船に乗り込んでいるが、最初の頃は船に酔うわ、熱中症でぶっ倒れるわ散々で、今でも船員たちにいじられるぐらいだ。だからみんなの前でからかう口実を与えて、恥をかかされたと思っているんだ」

「そんなつもりは……」

「わかっている。だから気にしなくていいと言っている。それにあいつは俺に近づく女に厳しい」

「それって……」

つまりユーリはイザークのことが好きで、女が近づくのが許せないということだろうか？

確かにそういう男性同士の話を耳にしたことはあるが、本物を見るのは初めてだ。思わずユーリを振り返ると、目が合った瞬間ついっと視線をそらされてしまった。

どうやら本当にマリアンヌがそばにいることが許せないらしい。短期間とはいえ自分に敵意を向ける人と一緒に旅をするのは億劫だと思ったが、そういう理由ならなんとか関係を修復できそうな気もする。

マリアンヌがイザークを男性として好いていないということをアピールすればいいのだ。そしてイザークとユーリがふたりで過ごせる時間を作ってやれば文句はないだろう。

マリアンヌがそんなことを考えている間に、いつの間にか船員たちが立ち働く甲板にたどり着いていた。

イザークの一声で辺りで作業していた船員たちがサッと集合する。やはり統制の取れた船だと思いながらマリアンヌはその様子を眺めた。

先ほどの騒ぎの場にいたよりもたくさんの男たちが集まっていて、イザークの隣に立つマリアンヌに興味津々の眼差しを向けている。

「まさか若の嫁取り宣言か？」

「俺は密航者だって聞いたが、可愛いじゃないか」

「ああ、あんなお姫様みたいな娘見たことがないぞ」

「若にもやっと春が来るのか？」

あちこちから潜めることのない声が飛んできて、マリアンヌは居心地が悪かった。

するとイザークはその場のざわつきを収めるように咳払い（せきばらい）をひとつしてから大きな声で言った。

「この娘の名はマリーだ。理由（わけ）あってエーヴェまで一緒に行くことになった」

「そりゃそうだ。いくら密航者と言っても、こんな可愛い娘さんを海に放り込むわけにもいかないしな」

「若、せっかくですから嫁にどうですか！」

誰かが叫ぶと男たちがドッと笑った。

どうやら状況によっては本当に海に投げ込まれていたらしい。そうならなかったことにホッと胸を撫で下ろす。

「うるさい！　おまえを海にぶち込んでやってもいいんだぞ！」

イザークは男たちを怒鳴りつけたが、誰もが怯むことなくさらに笑い声が大きくなった。まるで大きな家族のようだと思っていると、人の輪の一番前に座り込んでいた少年に向かって手招きをした。

「おい、ラウ！」

周りの笑い声が大きくて、イザークの声も自然と大きくなる。

ぴょこんと立ち上がったのは最初にマリアンヌを見つけた少年で、素早くイザークの元に飛んでくる。

「マリー、こいつはラウだ。まだ見習いだがよく働くし船の中のこともよくわかっている。こいつについて仕事を教えてもらえ」

イザークに頷き返してから、マリアンヌはラウに向かってにっこり微笑んだ。

「よろしくね」

するとラウはしばらくぽかんとマリアンヌの顔を見つめたあと、ハッと夢から覚めたような顔をして目を何度も瞬かせた。

「……若、この人どこかのお姫様じゃないんですか？　俺こんな綺麗な人見たことないよ」

ラウの〝お姫様〟と言う言葉にドキリとするマリアンヌの隣で、なぜかイザークもビクリと身体を揺らす。

「馬鹿なことをいうな！　このお転婆のどこがお姫様みたいに見えるんだ。余計なことを考えずにさっさと船の中を案内してやれ」

一部失礼な言葉にも聞こえたが、イザークがすぐさま否定してくれたことにホッとする。

イザークは信用できそうだが、できれば貴族の娘だと思われていた方がいい。

話してみると、ラウは若く見えるが歳はマリアンヌのひとつ下で、ヴェルネで別れたデイオンと同じ歳だ。歳が近いのとラウの気さくな性格のおかげで、マリアンヌはすぐに彼のことが好きになった。

ラウは今回が初めての航海だそうで、覚えたての知識を惜しげもなく披露してくれる。

この船はジャッカスバークというタイプの帆船で、三本のマストが特徴だそうだ。それぞれ前主帆、中主帆、後主帆と呼ばれ、帆の向きは縦横交互、または半々になっている。その帆を調節しながら推進力を利用して進むそうだ。

「ほら、見て。帆の向きが違うだろ？　横帆は追い風を効率よく捉えるから、この船みたいに長距離を移動するときは季節風を利用して進むんだよ。あっちのが縦帆だ。前方から吹いてくる風を受けるから追い風より足が遅くなるけど、操縦はしやすいんだぜ」

一度説明を聞いただけではすぐに忘れてしまいそうだが、つまりはその時々の風に合わせて帆を調節して船を進めるということなのだろう。

続いて案内された船倉はほとんどがヴェルネで仕入れた積み荷で、他は食料と水ばかりだ。

最初の予想通り船の中は甲板の下は二層のスペースに分かれていて、一部が船員たちの居住スペースとなっている。

と言っても他に船にある部屋と言ったら食堂と船員たちの大部屋がいくつかあるだけで、全員がイザークのように個室を持っているわけではないようだ。

「ここには女の人はひとりもいないの？　料理人は男性だとしても洗濯や部屋の掃除をするにはメイドが必要でしょう？」

マリアンヌの問いにラウは目を丸くして、すぐに弾けるような笑い声をあげた。

「あんたやっぱりお姫様なんじゃないの？　自分のことは自分でするんだよ。わざわざ掃除のために人なんか雇うもんか。まあ食事は当番制だけど……あんた料理なんかしたことなさそうだね」

「ビスケットやパウンドケーキなら焼いたことがあるわ」

一時期ミレイユが菓子作りに興味を持ったときに手伝ったことが何度かある。途中からマリアンヌはすっかり飽きてしまい、ほとんどが食べる専門だったが。

「残念だけどここにはそんな女子どもの食べ物を喜ぶ奴はいないんじゃないかな。いいよ、あんたの当番のときは俺が手伝ってやるから」

「ありがとう」

マリアンヌが笑顔を返すと、ラウはその頰をポッと赤く染めた。

「べ、別に新入りの面倒を見るのが俺の役目だからで、親切にしてるわけじゃないぞ！誤解するなよ‼」

そう言って慌てるラウはなんだか弟を思い出させる。

リュックは十二歳にしてはしっかりしていて、下手をするとマリアンヌよりも理性的だ。しかしまだ母に甘えたいときもあるようで、そのことを姉たちにからかわれるとこんなふうに慌てて顔を赤くするのだ。

みんなはどうしているだろうか。考えないようにしていたのに、ドッと胸に不安が押し寄せてくる。

気を抜くとミレイユは泣いていないか、母は心配で胸を痛めているのではないかと考えてしまい、居たたまれなくなるのだ。

「どうした？　まさか今頃船酔い？　今日の波は穏やかな方だけど」

なにかを考え込むように黙り込んでしまったマリアンヌを不審に思ったのか、ラウが心配そうに顔を覗き込む。

「大丈夫よ。ラウが食事の話をするからお腹が空いていたのを思い出したの。昨日からなにも食べていないんですもの」

「よしきた！　じゃあ食堂でなんか食い物を探そうぜ。大丈夫。今ならまだ朝メシの残りがあるだろうから！」

　先に立って歩くラウのあとに続きながら、マリアンヌはならず者に捕まらずイザークの船に逃げ込めたことに感謝した。

4

その日は船の中を案内され、あちこちで働く船員たちに改めて紹介されているうちに日が暮れてしまい、すっかりお腹を空かせたマリアンヌとラウが再び食堂へ行くと、すでに夕食の準備が整っていて長テーブルの上には所狭しと料理が並べられていた。

干し肉や野菜を煮込んだスープに焼きたてのパン、鳥の丸焼きや港の露店で見かけた珍しい形のフルーツなど見ただけで食欲をそそる。はしたなくもグウッと音を立てたお腹に苦笑するマリアンヌのそばに、ユーリがスッと近づいてきて料理の載ったお盆を差し出した。

「あなたの夕食です。どうぞこちらをお持ちください」

「……え？」

どういう意味かわからないマリアンヌがキョトンとしていると、ユーリが無理矢理お盆を押しつけてくる。

「夕食はイザーク様の部屋で召しあがるようにとのご命令です。ラウ、案内してあげなさい」

ユーリはそう言うとサッと身を翻してどこかに姿を消してしまう。どうやら関わりたくないという意思表示のようだ。

「あ……う、うん」

ラウはすぐに頷いたが、目はテーブルの上の料理に向けられている。自分がいない間に料理がなくなってしまうことを心配しているのかもしれない。

「私なら大丈夫よ。イザークの部屋ならひとりで行けるからあなたはみんなと食事をして」

「でもマリーはまだ船に慣れてないだろ？」

心配してくれてはいるが、やはりここでひとり抜けさせるのはラウが可哀想だ。

「気にしないで。もし迷ったらここに戻ってくるから」

「そう？　それならいいけど……」

これ以上ここにいてはラウを困らせるだけだ。

「今日は案内してくれてありがとう。明日から頑張るからよろしくね」

マリアンヌはにっこりと微笑んでお盆を手に食堂をあとにした。

自分で料理の載った盆を運ぶのも初めてのマリアンヌは、ふらふらしながらなんとかイザークの部屋までたどり着いた。

辛うじてお盆が置けそうなのは窓のそばに造りつけられた机で、そこにも本がたくさん積み上げられている。マリアンヌはその山を崩さないように本をずらし、わずかな隙間にお盆を置く。

机と同じように積み上がっていた本を椅子から下ろし、身体を投げ出すようにして腰掛けた。

「はぁ……」

なぜかわからないが、先ほどまでとても美味しそうに見えた料理が色褪せてみえる。

イザークはなぜ別室で食事をとるように指示したのだろう。数日限りの付き合いだからあまり船員たちと仲良くなって欲しくないのか、それともなにか彼に嫌われるようなことをしただろうか。

ラウに連れられてあちこち見て回った限り、船員たちはみんな親切だったからこんな楽しい雰囲気でエーヴェまで旅をできるのだと嬉しく思っていたのに、なんだか目の前で扉が閉じ締め出されたみたいだ。

すぐに食事をする気分にもなれなくて積み上げられた本をパラパラとめくってみるが、普段マリアンヌが目にする物語などの読み物はなく、歴史や貿易に関するものや外国語で書かれた本ばかりですぐに飽きてしまう。

結局冷えてしまった食事をひとりで平らげて、食器を下げに行っていいのか、それとも部屋から出ない方がいいのか迷っているとイザークが姿を見せた。

「……」

ひとりで食事をさせられたことに拗ねていたマリアンヌはつい恨めしそうにイザークを見つめてしまう。

「食事は食べたのか？」

マリアンヌが無言で頷くと、イザークは小さく噴き出し、長い指で膨れたマリアンヌの頬をつついた。

「なんだ、その顔は」

「……だって」

「誰かに意地悪をされたか？　それともさっそくユーリに嫌味でも言われたか」

「……違うわ」

拗ねるほどのことではないと思うのだが、一度拗ねてしまうとなんとなくいつもの調子に戻りにくい。しかし食事のたびにこんなモヤモヤを抱えるのは嫌だと、マリアンヌは口を開いた。

「どうして私だけひとりで食事をしなければいけないの？」

素直にひとりで食事をするのは寂しいとは言い出せない。

「朝や昼は食堂でもいいが夜はダメだ」

「なぜ？」

食い下がるマリアンヌに向かってイザークは深いため息を漏らした。

「あなたは自分が年頃の娘であること、それに自分が男たちの視線を釘付けにするほど美しいという自覚がないらしいな」

「え？」

「この船の中でのあなたの安全は俺が保証するが、それでも酒の席は危険なんだ。いくら気のいい奴らでも酒が入って気が大きくなると、普段しないような大胆なことをしてしまうものだ。ましてや航海中は妻にも恋人にも会えない。そんな中で美しいあなたを見て心を動かすなと言う方が酷だ。頼むからあいつらを刺激しないでやってくれ」

男性とはそんなに危険なものなのだろうか。そんな注意を受けたのは初めてで、イザークの言葉には半信半疑だった。

一般的な貴族階級の女性の中では、マリアンヌ自身男性との接点は多い方だ。始終近衛隊に出入りして訓練の真似事（まねごと）をしていたし、幼馴染みも男性だったが、これまでそんな注意をされたことがない。

もちろん男性には欲望というものがあるとか、結婚した男女が閨（ねや）を共にすることも知っているが、結婚をしていない以上王女の自分には特に関係ないものだと思っていた。

だからイザークの指摘は新鮮で、不思議な気持ちで彼の顔を見つめた。

こんなことを言うぐらいだから、彼にも国に残してきた恋人や妻がいるのだろうか。

——あなたもそうなの？

思わずそう口にしようとしたマリアンヌの目の前でイザークの腕がサッと動き、着ていたシャツを脱ぎ捨ててしまった。

「きゃあっ！」

マリアンヌが悲鳴をあげる。

こんなことを言うと誤解されそうだが、男性の上半身の裸ぐらい近衛隊の訓練で見慣れている。しかしそれは訓練のあと暑くてなどの理由があるし、みんな一応マリアンヌの目をはばかり控えめにする。

しかしイザークはなんの前触れもなくシャツを脱いだから驚いてしまったのだ。

突然のことに視線をそらせず目を丸くしていると、イザークはベッドの上に手を伸ばし、すぐに新しいシャツを頭から被った。

「ちょっと！　いきなり着替えないでちょうだい。びっくりするじゃないの！」

「そううるさく言うな。ここは俺の部屋なのだから、着替えぐらいでいちいち目くじらを立てなくてもいいだろう」

そう言いながらベッドの上に散らばった衣類を端に寄せる。マリアンヌはふとあってはならない想像をしてしまい顔を顰める。しかしこの状況ではそれしかないような気がして恐る恐る口を開いた。

「もしかして……あなたもこの部屋で休むなんて言わないわよね？」

イザークはその問いに一瞬キョトンとし、それから唇にからかうような笑みを浮かべた。

「逆に聞きたいがどうして俺がここで休まないなんて思うんだ。ここは俺の部屋だ」

「だって……」

そうだとしたら自分はどこで休めばいいのだろう。まさか船員たちの雑魚部屋で寝ろとは言わないだろうが、昼に居住スペースを見た限り、マリアンヌがひとりで使えそうな部屋などなかった。

その葛藤はすべて顔に出ていたようで、イザークがニヤニヤと笑いながらマリアンヌの顔を覗き込む。

「あなたは今夜はここで俺と眠るんだ」

「ええっ⁉」

「なんだ、その嫌そうな声は。あなたが酒を飲んだ船員たちと一緒に雑魚寝をしたいと言うなら止めないが、そうでないのなら諦めてこの部屋で休むんだな」

「……っ」

やはり恐れていた事態にマリアンヌは息を飲んだ。

「だって……ベッドがひとつだわ」

「そうなるとあなたが床で寝るか、諦めて俺と一緒にベッドを使うかという選択肢しかないな」

「あなたが床で寝るっていう選択肢はないの⁉」

　あっさり返ってきた言葉にマリアンヌが思わず声を荒らげたが、イザークは小さく肩を竦めただけだ。

「だって……そんな……」

　常識的に考えて今日会ったばかりの未婚の男女が一緒のベッドで眠るなんてありえない。まさかそのためにマリアンヌを自分の部屋に呼んだのだろうか。他の男たちから離したのは自分が思い通りにするためだったとしたら？

　マリアンヌは自分の想像にゾッとして身体を震わせた。

　いくら助けられたとはいえ、そんなことを受け入れるわけにはいかない。それについさっき男たちを刺激しないために、酒の席には出ないように言ってくれたばかりなのに。

　一瞬でも彼に感謝した自分が馬鹿みたいに思えて悲しくなってくる。このままこの部屋で彼の好きにされるぐらいなら、昨日のように甲板で眠った方がマシだ。

「わ、私……今夜は外で寝るから！」

　マリアンヌが意を決してそう口にすると、イザークはこれ以上我慢できないとばかりにククククッと喉を鳴らして笑い出した。

「大丈夫だ。あなたのような子どもには手を出さないから安心しろ」

イザークがあまりにも傍若無人に笑うから、無駄な心配をしてしまった恥ずかしさから強い口調で言い返してしまう。

「こ、子どもって、私はもう十八よ？　ヴェルネでは立派な大人だし、結婚だってできるの。バカにしないでちょうだい」

「たとえそうだとしても俺の前では子どものふりをしておけ。そうでなければ俺だって考え直さなければならないからな」

相変わらず笑いを含んだ口調にマリアンヌの声に怒気が交じる。

「か、考え直すって、私が断るって考えないの⁉」

「普通こういう状況では女性に選択肢などないだろう？　俺の船の中である上にここは俺の部屋だ。しかもあなたは俺の使用人的な立場だぞ？」

「あなたの国では使用人なら本人の意思に関係なく手を出していいってわけ？」

「俺はそんなことはしない。失礼なことを言うな！」

憤慨するイザークを見て、よくわからないが彼は紳士だと信じてもいい気がした。

結局それ以上言い合っても部屋にベッドはひとつだけで、部屋の主が譲らない以上マリアンヌが諦めるしかなかった。

さっきは今夜も甲板で寝る覚悟をしたが、やはり間借りとはいえベッドで眠れるのは魅力的だ。昨夜は硬い床の上で木箱の隙間にもたれて眠ったからか、身体のあちこちが痛くて仕方がなかったのだ。

「どっちで寝る？」

そう問われて首を傾げる。子どもの頃はミレイユと眠っていたが寝相が悪いと言われたことはない。

「あなた、寝相は？」

「さあ、人と眠ったことはないからな。自分の寝相などわからないだろ？」

「それはそうだけど……」

マリアンヌは少し考えて壁側を選んだ。万が一イザークの寝相が悪くてベッドから押し出され、床に落ちるのだけは避けたい。

マリアンヌが先にベッドに潜り込み背中を向けると、イザークもすぐ隣に滑り込んできた。

「……っ」

わずかに触れた背中にドキリとしたが、顔さえ見えなければ弟と寝ているのと変わらないとマリアンヌは自分に言いきかせた。

しばらくすると背中から体温がじんわりと伝わってきて温かくなってくる。子どもの頃はミレイユとこうやってお互いの体温を感じながら眠っていたのを思い出し急に胸が苦しくなった。

ミレイユはどうしているだろうか。姉とこんなに長い時間離れたのは初めてで、彼女のことが心配でたまらない。

いつも大人しいが芯はしっかりした人で、マリアンヌがなにをしても許してくれる一番の理解者だ。双子だからなのかお互いの考えていることはなんとなくわかる。きっとミレイユは今頃自分を心配して泣いているだろう。

そう考えたら胸がキュッと締めつけられて、目の奥がじんわりと熱くなってくる。自分の意思に反して涙が滲んできて、マリアンヌは大粒の涙にならないように目をギュッと瞑（つぶ）った。

こんなところで泣いたら隣で眠っているイザークに気づかれてしまう。なぜだかわからないが彼には弱みを見せたくない。

それにこれは自分たちが双子だから、遠く離れた姉の気持ちに共感してしまっているのだ。だって自分は悲しくなどないのだから。

そう自分に言いきかせるけれど、喉の奥から嗚咽（おえつ）が這（は）い上（あ）がってきて小さくしゃくり上げてしまいそうになり、マリアンヌは慌てて両手で口許（くちもと）を覆った。

「ふ……っ」

なんとか声を飲み込んだが、イザークに気づかれなかったかと耳を澄ますと、聞こえてくる呼吸は規則的で眠っているようだ。船の中の仕事はまだよくわからないが、一日働いて疲れているのだろう。

彼に気づかれずに済んだことにホッとしたとたん、緊張が緩んだのか涙がポロリと零れてしまう。そして涙は一度溢れてしまうと簡単には止まってくれないらしい。

「……っ、ふ……っ……」

――悲しくなんかないはずなのに。

これまで王宮という安全な場所で温かな家族に囲まれて育ったマリアンヌにとって、不安と寂しさで涙を流すのは初めてで、胸が苦しくてたまらない。

暗闇の中で小さく息を乱しながら涙を堪えていると、突然大きな手がマリアンヌの頭をわしわしと乱暴に撫で回した。

「……寂しくなったか」

そう言われて、自分が家族と遠く離れてしまったことが寂しくてたまらないのだと気づく。公務に忙しい両親は別にしても、生まれた時から常に一緒にいた半身ともいえるミレイユがいないと、こんなにも不安になるのだと初めて知った。

「俺が必ず家族の元に送り届けてやると言っただろう。厳つい男ばかりの中で不安かもしれないが、あなたは俺が守るから心配するな」

「……」

暗闇の中で大きな手は優しくマリアンヌの頭を撫で続ける。その手はいつもマリアンヌを守ってくれる父の大きな手に似ている気がしたが、それを彼に伝えるのはなぜか恥ずかしくて口には出せない。

しかしその手が離れてしまうのが怖くて、マリアンヌは暗闇に向かって小さな声で言った。

「あのぅ……手……繋いでもいい？」

暗闇で顔が見えないからこそ口にできた言葉だった。昼のマリアンヌなら決して口にしない言葉がするりと出てきたことに自分でも驚いて闇に向かって目を見開くと、背中からくぐもった返事が返ってくる。

「……手を出せ」

その言葉にマリアンヌは背中を向けたまま後ろに向かって手を伸ばす。するとすぐに大きな手が小さな手のひらをギュッと握りしめた。

「……」

「……」

背中で感じていた温もりが手のひらからも伝わってきて、イザークの優しさが胸の奥へと広がっていく。

それ以上言葉を交わす必要はなく、マリアンヌはイザークの気遣いに感謝しながら、暗闇の中でいつまでも大きな手を握りしめていた。

次にマリアンヌが目覚めたとき、部屋の中はすっかり明るくなっていた。

甲板より下にある食堂や船員たちが休む部屋は常にランプの明かりが必要だが、イザークの部屋は操舵室の隣で、明かり取りの窓もあるおかげで太陽の光で時間を感じることができる。

マリアンヌはなぜ自分がここにいるのか一瞬混乱して、それからここ二日ほどで自分に起きた出来事を思い出しながらもう一度目を閉じた。

甲板で密航騒ぎになりイザークに捕まり、いつの間にかエーヴェまで旅をすることになった。そしていざ眠ろうとして急に寂しくなってしまった自分と、イザークは手を繋いで眠ってくれたのだ。

ふと自分が包まれてる温もりの重みに気づいて再び重い瞼を引き上げる。

「え……っ」

マリアンヌの華奢な身体にはイザークの筋肉質な腕が巻き付いていて、背中には広い胸が包みこむように押しつけられている。

思わず悲鳴をあげそうになったが、次の瞬間ここで悲鳴をあげたらユーリや船員たちが駆けつけてくるかもしれないと理性が呼びかけてきて、なんとかそれを飲み込んだ。

とっさにわずかに動く手のひらでドレスに触れ、昨夜ベッドに入ったままの姿であることにホッとする。

昨夜は背中越しに手を繋いだだけで、それ以上のことはしなかったはずなのにどうしてこんなことになっているのだろう。

昨夜彼の優しさに触れたばかりのマリアンヌは、ただ寝ぼけているのだろうと好意的に考えることはできるが、やはりこの体勢は問題だ。

とりあえずイザークが目覚める前にベッドを出てしまえばなにもなかったことにできると腕の中でモゾモゾと動く。すると華奢な身体を抱きしめていた腕にさらに強く抱き寄せられ、あろうことか首筋に顔を埋められてしまった。

ちょうど肩と首の付け根辺りにイザークの顎がすっぽりと収まって、体温よりも熱い息が首筋に触れる。

その熱さに身動ぎすると、首筋に濡れた唇までもが押しつけられてしまい、マリアンヌはそのなんとも言えない刺激に堪えきれず声をあげてしまう。

「ひやっ……ン！」

「んん……」

その声に反応したのかイザークがモゾモゾと動き、さらに身体をマリアンヌの方に押しつけ、お尻と太股の辺りになにかゴツゴツと硬いものが押し当てられる。

ポケットになにか入れたまま眠ってしまったのだろう。ゴリゴリと何度も当たる違和感に今夜は注意をしよう思っていると、首筋に押しつけられた唇がチュウッと素肌を吸い上げた。

「あ、ン！……ちょっ、と！」

さすがに耐えきれなくなったマリアンヌが声を荒らげると巻き付いていた腕がビクリと震えて、次の瞬間なんとも表現しがたい声をあげてイザークがベッドから転げ落ちた。

「うわぁっ‼」

ゴツンとかなり派手な音がしたので頭でもぶつけたのではないかと起き上がると、イザークが床に座り込み、まるで化けものでも見たかのように目を見開いてマリアンヌを見上げていた。

「大丈夫？　すごい音がしたけれど、まだ寝ぼけているの？」

眉間に皺を寄せるマリアンヌを見てイザークはサッと顔色を変える。そしてなにを思ったのか勢いよく床から立ち上がると、乱れた姿のまま扉へと向かう。

「イザーク⁉　やっぱり頭を打ったんじゃ……」

そうでなければこんな不可思議な行動をとるわけがない。

「大丈夫だ！　し、支度ができたら食堂に来い！」

イザークは前を向いたまま早口で言うと、一度もマリアンヌを振り返らず部屋を出て行ってしまった。

もしかして夢でも見ていたのではないかと疑ってしまうような一瞬の出来事にマリアンヌは瞬(まばた)きを繰り返す。

寝ぼけたことが恥ずかしかったのか、それとも部屋にマリアンヌがいることを忘れていて驚いたかのどちらかだとは思うけれど、あの姿だけ見たら誰も彼が屈強な男たちを仕切る貿易船の船長だとは思わないだろう。

そう考えたら先ほどのイザークの慌てた様子がおかしくて笑いがこみ上げてきてしまう。毎朝抱きつかれるのは困るが、寝ぼけただけでこんな純情そうな反応をするのならなんとか上手くやっていけそうな気がする。

なかなか朝食に姿を見せないことに心配したラウが部屋に呼びにくるまで、マリアンヌはこみ上げてくる笑いを収めることができなかった。

5

マリアンヌは少し悩んで、朝の出来事は事故だったと忘れることに決めた。

あのあとイザークは飛び出して行ったきり戻らなかったし、朝食で会ったときもそのことに触れなかった。つまり彼もなかったことにしたいのだ。

昨日はずいぶんと男性の生態なるものについて注意をされたが、今朝の反応を見ればイザークは意外にもあまり女性との関わりがないのだろうと見当がつく。

その疑いをさらに裏付けたのは、甲板の掃除をしているときに耳にした船員たちの軽口だった。

マリアンヌは操舵室を挟んで反対側にいたのだが、海の男のよく通る声は風に遮られることもなくよく聞こえる。

「若！　そういえば昨夜の首尾はどうだったんです？」

ラウに渡されたデッキブラシで甲板を擦っていると、そんな言葉が聞こえて手を止めた。

「なんの話だ？」

そう答えたのは間違いなくイザークの声だ。

「なにって、昨夜はあのお嬢ちゃんと一緒の部屋で一晩過ごしたっていうじゃないですか」

「しかも若の方から誘ったって聞きましたぜ！　やっと若が男を見せるときがきたって、食堂じゃ大盛り上がりだったんですから！」

男たちの囃し立てるような笑い声のあと、一呼吸置いてイザークの怒鳴り声が響きわたる。

「な‼　人聞きの悪いことを言うな‼　それじゃまるで俺が彼女に手を出したみたいに聞こえるじゃないか！」

「えッ⁉　まさか出してないんですか⁉」

「あんなべっぴんさんと一晩一緒にいてなにやってたんすか‼」

「若！　それでも男かよっ‼」

畳みかけるような男たちの声に被せるように、さらに大きくなったイザークの声が響いてくる。

「ば、馬鹿なことを言うなっ！　男ばかりの部屋に雑魚寝させるわけにいかないから俺の部屋を使わせただけだ！」

「あちゃー……」

「なんで普段は俺たち並みに乱暴なのに、そういうときだけお坊ちゃんになるんすか……」

「というか、それなら同じ部屋で寝る必要ねーし。若が部屋を明け渡せばいいだけだろ」

「どうして俺が自分の部屋を明け渡さなければいけないんだ。別に一緒に部屋にいるぐらい普通だろう！」

言いたい放題の男たちにいちいちいいわけをしているが、これは間違いなくからかわれているのだ。

「いやいやいや！　そこはそれを利用してことに持ち込まないと！」

「もうこんなチャンス二度とないかもしれませんよ？」

「うるさい！　俺はおまえらみたいな奴らが夜這いにくるかもしれないから番をしただけだ！」

「ものは言いようですがね、そんなんじゃ女の心は摑めませんって」

「俺は好きな女しか抱かないっ！　おまえらと一緒にするな‼」

「そんなんだからいつまでも経っても俺たちにからかわれるんじゃないですか！」

イザークの叫びに男たちがドッと笑った。やはりからかわれていたらしい。

声だけでは判断できないが、普段のイザークより動揺しているのはわかる。そう、ちょうど今朝ベッドから転がり落ちたときのような声音で、もしそうなら彼がどんな顔をしているのか想像できてしまい頰が熱くなる。

ベッドの中で男性に抱かれて目覚めるなんて刺激的すぎて、ミレイユが聞いたらショックを受けるかもしれない。比較的男性とは話をすることに慣れているマリアンヌですら思い出しただけで顔を赤くしてしまう出来事なのだから。

操舵室の向こうでは船員たちがなんだかんだとイザークを質問攻めにしている。

要するに本当に一晩過ごしてなにもなかったのか疑われているようだ。断じてそんなことはなかったとイザークを擁護したいところだが、内容が内容だけに女の自分が口を出していいものか迷うところだ。

どうしたものかと逡巡(しゅんじゅん)しているところへ事情を知らないラウが戻ってきてしまい、マリアンヌが合図を送る間もなく大きな声で呼びかけられてしまう。

「マリー！　そこが終わったら反対側も頼む！」

マリアンヌは頭の中が真っ白になって、とっさに返す言葉もない。これではここで立ち聞きをしてたと責められてもおかしくない状況だ。

ラウの叫び声は十分操舵室の向こうまで響いているはずで、その証拠に向こう側では「げっ！」「まずい！」と慌てる声がする。

さすがにこのまま聞かなかったふりができるほど厚顔ではないので、マリアンヌはデッキブラシの柄を抱え反対側へと顔を覗かせた。

「あのぅ……ごめんなさい。立ち聞きするつもりはなかったのだけれど、掃除をしていたら聞こえてきてしまって……」

　話の内容はわかっているし、みんなが自分とイザークをそんな目で見ていたと思うだけで恥ずかしくてたまらない。それでもなんとか彼が下心などなく親切にしてくれたことを伝えたくて言葉を紡ぐ。

「ええと……イザークはとても優しくしてくれたし、その……ひどいことなんてしなかったわ」

　朝抱きしめられて目覚めたり、寝ぼけて首筋に口づけられたことは驚いたが、あくまで不可抗力で彼が悪いわけではない。それに寂しがるマリアンヌの頭を優しく撫でてくれたし、ひどいことをされたなどとこれっぽちも感じていなかった。

　捉え方にとっては逆になにかあったと誤解させてしまうような言い方だったが、イザークを擁護することに必死のマリアンヌは自分の言葉選びの間違いに気づかない。

「ベッドも半分貸してくれたし、私が泣いていたら手を繋いでくれたの……だからあまりイザークをからかわないであげて？」

　マリアンヌは恥ずかしさに顔を真っ赤にしながらそう言うと、俯いていた視線をわずかに男たちに向けた。

「……」

「……」

みんな納得してイザークに謝ってくれるかと思ったのに、誰ひとり口を開こうとしない。それどころか、目を見開いてイザークとマリアンヌの顔を交互に見比べている。

もしや言葉が足りなくて信じてもらえなかったのだろうか。マリアンヌがもう一度説明をするために口を開こうとしたときだった。

「いやぁ！　若！　やればできるじゃないですか！」

イザークより少し年上の船員が大きな声で言って、イザークの背中をバンバンと叩いた。するとその声が呼び水のように他の男たちも口々にイザークに声をかける。

「若！　今まで見くびっていてすんません！　やればできる男だったんですね！」

「よかった！　やっと若にも春が来たんだなぁ！」

なぜかみんな嬉しそうで、マリアンヌに握手を求めてくる男まで出てくる始末だ。

一応マリアンヌの説明に納得してくれたと思っていいのだろうか。その割にはイザークは苦虫を噛み潰したような顔をしていて、間違っても誤解が解けて安堵しているようには見えない。

「……わ、私なにかおかしなことを言った？」

心配になってイザークを見上げたが、なにもわかっていないマリアンヌの顔に向かって「いや……もういい」と小さく呟いて頭を抱えてしまった。

その日の会話はあっという間に他の船員たちの間に広がり、船の中はお祭りのようなお祝いムードになった。

マリアンヌにはなぜそんなことになったのか理解できなかったが、彼が船員たちに信頼され、かつ家族のように受け入れられているのだということはわかった。

先日の人攫いたちのせいで、なんとなく船乗りは荒くれ者やならず者だという思い込みを持ってしまっていたが、ここの船員たちは違う。作業中は皆キビキビと動いて統率がとれていて、まるでヴェルネの近衛隊を思い出させる。

それはイザークの監督がよく、しかもみんなが彼を命令に従うに能う人だと認めているからだ。

そしてなんとかなると軽い気持ちで考えていた船上の仕事は、女のマリアンヌにとって過酷なものであるとすぐに思い知らされることになった。

新入りは先輩の指示に従ってなんでもするのが当たり前だが、とにかく身体を使う仕事ばかりで、甲板の掃除ひとつ取ってもへっぴり腰のマリアンヌは到底役に立っているとは言えなかった。

幸いマリアンヌを敵視するユーリ以外はみんな親切で、役に立たなくても怒鳴りつけたり怒るようなことはしない。

それどころか世間知らずのマリアンヌが男たちの話を目を輝かせて聞くのが面白いと、彼らがなんやかんやと旅の出来事を耳に入れたり、船上の決まり事を教えてくれるのも楽しかった。

「違うよマリー。その結び方じゃすぐにほどける」

「え？　こうじゃなかった？」

甲板に座り込み、ラウと一緒に船員たちからロープの結び方を教わっていたマリアンヌは首を傾げた。

教わっているのは本結びというロープの端と端を繋ぐ結び方なのだが、マリアンヌがよく使う蝶結び（ちょうむすび）とは違い強い力で引っぱってもほどけない。

他にもより強く結びつける一重つなぎや二重つなぎ、小舟を係留するときに使う巻結びやもやい結びなど独特の結び方があるらしい。

「お嬢、違う違う。そうじゃなくて」

「え？」

「ほら、お嬢。そっちの左のを持ってきて」

「こ、こうかしら？」

「違うよ、マリー。この紐（ひも）はこっちだ」

「こうね！」

シュッと両手で引っぱると、結び方が間違っていたのか二本のロープはあっけなくほどけてしまう。

「あーあ」

「お嬢は繕いものはできるのになぁ」

いつの間にか船員たちからお嬢と呼ばれるようになっていて、ディオンが聞いたら『無礼者！』と怒鳴りそうだが、マリアンヌとしてはそう呼ばれると自分がこの船の一員として認められているようで嬉しかった。

「ほら、お嬢。もういっぺん教えてやるから」

「ええ」

マリアンヌが笑顔で頷いたところに、イザークとユーリが通りかかる。

「なんだ、ロープの結び方を教わっているのか」

ひょいっと頭を割り込ませ、手元を覗き込まれる。

「ええ。でも難しくて」

「教え方が悪いんじゃないのか？」

「だって一番簡単な本結びですよ？　教え方の問題じゃないですって」

するとイザークのすぐ後ろにいたユーリがチラリとマリアンヌを見下ろして、バカにしたような顔で言った。

「そんなこともできないんですか？　これだから高貴な方々は……」

ふんと鼻で笑う仕草に、マリアンヌはどうしてユーリがここまで自分を毛嫌いするのか不思議な気持ちになった。
最初は男性としてイザークのことが好きなのかと思ったのだが、船員たちの話ぶりだと
そうではなく、ただただイザークが大事らしい。
ということは、大切にしている主がマリアンヌの世話をするのが気に入らないのだろう
か。
確かに親切にしてもらっているが、あくまでも取引で対価として働くと約束しているし、
イザークが受け取ってくれるのなら父がそれなりのものを支払ってくれるはずだ。
その話を提案した場にはユーリもいたはずだが、なぜかイザークを利用していると疑わ
れているようだ。
その微妙な感情が顔に出ていたのだろう。イザークがやれやれといった態で肩を竦めた。
「ユーリ、そんなに意地悪を言うな。マリーもいちいちユーリの言葉を真に受けるんじゃ
ない。知らなければ覚えればいいし、できないことは練習すればいいのだ」
イザークはそう言って苦笑すると、手を伸ばしてマリアンヌの頭をくしゃりと撫でた。
唇に浮かんだ笑みは優しく、甘やかすような眼差しで見つめられマリアンヌはドキリと
してその頬を赤くした。
するとその様子を見守っていた船員たちが口々に声をあげた。
「くぅぅ！　いいですね。これぐらいで赤くなるなんて初々しい！」

「なんだ？　今の。若が甘い言葉を……！」

「くそう！　俺も早く嫁に会いたくなってきた‼」

「おい、おまえの嫁はお嬢とは全然別物だぞ。一緒にするな」

やいやいと囃し立てるような言葉に、イザークは、

「うるさい！　さっさと働け！」

そう叫んで姿を消してしまった。

あとに残されたマリアンヌは恥ずかしいやら居たたまれないやら散々だった。

日々はそんなふうに過ぎていき、最初はとても長く感じられた十日というエーヴェまでの旅が楽しくてたまらなかった。

それに船員たちが言っていた通り、この船の中ではマリアンヌの縫いものの腕前がもてはやされた。

たまたまラウのシャツがほころびているところを直してやったら次の日から船員が衣類を抱えてマリアンヌの前に並ぶようになったのだ。

裁縫は物心ついた時から乳母に教えられ、見よう見まねで針や糸を持たされた。正直王宮を走り回って身体を動かすことの方が好きだったマリアンヌにとって、子どもの頃は一定の時間椅子に座ってちまちまと細かい作業をさせられるのは苦痛以外のなにものでもなかった。まさか子どもの頃嫌々覚えさせられた裁縫がこんなところで役立つとは思わなか

った。

無事にヴェルネに戻れたら真っ先に乳母に話してやろう。マリアンヌは針を持ちながらそう思った。

とにかく裁縫のおかげでいつの間にか甲板での力仕事を手伝うより、操舵室の隅や食堂で針を使う時間が長くなって、手の空いた船員たちとおしゃべりをしながら作業をすることが多かった。

これは一時的なもので永久に続く時間ではないとわかっているが、もし自分が王族として生まれなければこういう生活もあったのではないかと考える。

そうすればイザークのような商人の息子と結婚して、こうして旅をしながら生きていくこともできるだろう。

もちろんそれはすべて叶(かな)わない想像で、目覚めると消えてしまう夢のようなものだから、どんなに願っても手に入らないということも十分理解していた。

そのこと以外にもマリアンヌにはもうひとつ嬉しいことがあった。ひとりの食事に不満の声をあげた翌日からは、イザークが一緒に夕食を食べてくれるようになったのだ。

大抵はラウが食事を運んできてくれるが、食堂にいれば最初の日のようにマリアンヌが自分で運んでくることもある。

最初は自分で食事を運ぶことに驚いたが、慣れればふたり分のトレーでも楽に運べるようになった。

その日もマリアンヌがイザークの部屋で針を使っていると、ラウが夕食のトレーを手に姿を見せた。

「マリー、夕飯の出前だよ」

「あら、もうそんな時間なの？」

ラウがシャツの端を釘に引っかけて作ったかぎ裂きの補修に夢中になっていたマリアンヌは、ハッと顔を上げて辺りを見回した。

辺りはすっかり暗くなっていて、苦手な裁縫に夢中になっていた自分に苦笑いを浮かべる。

「ダメだよ。明かりをつけてやらないと目を悪くするぜ」

ラウは料理の載ったトレーを部屋の中央にある丸テーブルの上に置くと、窓際に置いてあったランプを手に取って火を付けてくれた。

マリアンヌが強制的に部屋を片付けたおかげで、本棚と化していたテーブルが姿を現していて、数日前よりも快適な空間になっている。

「ありがとう」

「どういたしまして。マリーにやらせて若の部屋が火事になったら困るからな」

そう言って憎まれ口を叩くのもいつものことだ。歳もひとつしか違わないので気を遣うことともなく話ができ、船の中では一番仲がいい。

ラウはベッドに腰掛けて作業をしていたマリアンヌの手元を覗き込んでから勢いよく隣に腰を下ろした。

「すっかり破れたところが目立たなくなってる！　すごいなぁ」

心からの感嘆の声に、気恥ずかしさを感じながら笑みを返す。

「そう？　気にならないならよかったわ」

破れた部分に裏からあて布をして、あまり表布側に響かないように縫い付けたのだが、かぎ裂きの補修など初めてだったので、上手くできているか不安だったのだ。

「なあ、マリー。エーヴェについたら、本当に自分の国に帰るつもりか？」

「え？」

突然の問いにマリアンヌは目を丸くする。どうしていきなりそんなことを言い出したのだろう。

「どうしたの、いきなり」

「別にずっとこの船で一緒に働いたっていいじゃないか。若と結婚して、ずっと俺たちと船に乗ればいいよ」

「け、結婚って……」

思いがけない提案にドキリとしたが、マリアンヌは何気ないふうを装って針を動かす。

「だってマリーが来てからすごく楽しいからさ。まあユーリ様が冷たいのは置いておいても、若の機嫌がいいし楽しそうだ。みんなだってマリーと話をすると嬉しそうだし、喧嘩だって減ったんだぜ。なにより若は」

ラウがそこまで言いかけたとき、ガチャリと大きな音がして扉が開き、イザークが姿を見せた。

ベッドの上に並んで座るふたりを見て一瞬ギョッとしたように目を見開き、ふたりが悪びれる様子もなく見つめ返してくるのを見て小さく吐息を漏らした。

「おい、こんなところで油を売っているんじゃない」

そう言うとずかずかと狭い部屋を横切って、ラウの二の腕を摑んで立ち上がらせる。

「今夜は荒れるはずだから、さっさと飯を食って備えておけと言っただろう」

マリアンヌから引き離すようにラウの背中を押すと、代わりに自分がベッドの隣に収まった。その様子を見てラウはニヤリと唇を歪める。

「はいはい。若はヤキモチ焼きなんだから！」

その声にイザークがギョッとして腰を浮かす。

「なんだと！」

ラウを捕まえようと腕を伸ばすが、船で一番すばしっこい少年はその腕をするりとすり抜ける。

「マリー！　俺が言ったこと考えておいてよね！　俺マリーのこと大好きだからさ‼」

ラウは早口でそう言うと、イザークが追いつくよりも早く部屋を飛び出していった。

「まったく！　あいつはいつまでもガキだな」

扉の前で腰に手を当ててこちらを振り返るイザークを見て、マリアンヌは微笑んだ。

「おかえりなさい」

イザークと夕食を食べるようになってから日課になった言葉を口にすると、イザークがいつものように少し照れた顔で頷いた。

「あ、ああ」

「ちょうどラウが夕食を運んできてくれたの」

毎晩こうして出迎えるのはなんだか妻にでもなったみたいだが、そんなことを口にしたらイザークはさらに照れるか、逆にとんでもないことを口にするなと怒るかもしれない。

「ラウとなんの話をしていたんだ」

ふたりで向かい合って食事を取り始めたとたん、イザークが開口一番そう口にした。

「別にたいしたことは話していなかったのよ。ラウの服を繕ってあげていたからその仕上がりとか？」

なぜ急にそんなことを尋ねてきたのかわからず、マリアンヌは首を傾げる。

「だが、あいつはあなたのことが大好きだと叫んでいたじゃないか……あなたはそれがたいしたことじゃないと言うのか？」

眉間にさざ波のような皺を寄せ料理を口に運ぶイザークを見て、マリアンヌは噴き出した。

「あれはそういう意味じゃないわ。ラウがね、ヴェルネに帰らず、ずっとこの船で働けばいいって言うのよ。きっとお裁縫をする人が欲しいのね」

マリアンヌは冗談めかして言うと、クスクスと笑いを漏らした。

ラウがイザークと結婚すればいいと言ったことは胸に留めておく。そんな叶わない願いを口にしてしまったら悲しくなるし、イザークだって困るだろう。

しばらく当たり障りのない話をしながら食事をしているうちに、外では風の音が大きくなっていた。

いつもなら、

「好き嫌いをするな。船の上ではなんでもありがたく食べろ」

とマリアンヌを子ども扱いしてあれこれ口を出すイザークが、先ほどから無言で外の気配に耳を澄ませている。

普段と様子の違うことに気づいたマリアンヌは急に不安に襲われた。

「風が強いようだけど」

「ああ、少し時化るかもしれない。今夜は荒れるから部屋から出るんじゃないぞ」

そういえばさっきもそう言っていた。それに昼食のときに船員たちがそろそろ帆をたたんでおいた方がいいと言うのを耳にしたのを思い出す。あれは時化がくる準備をするという意味だったのだろう。

確かに今日はいつもとは船の揺れ方が違う。風の影響を受けこれだけのスピードで進んでいるのに、揺れ方は不自然なのだ。横からの風も強いということなのだろう。

そう思っているうちに、パラパラと音がして雨が窓を濡らし始めていた。どうやら嵐になるのは避けられないらしい。

船上で嵐に遭うのがどんなに危険なことかはわからないが、いつもより緊張した面持ちのイザークの様子から、これが大変なことなのだとは理解できる。

もちろん王宮でも何度か大きな嵐に見舞われた経験がある。一度など風で折れた庭木が飛んできて、正餐(せいさん)の間の窓ガラスが粉々になり、しばらくの間は別の食堂で食事をしたこともあった。

海の上に木は生えていないからものが飛んでくる危険はないだろうが、硬い庭木を折ってしまうような強い風が吹き荒れるのだ。

今よりも波が高くなり、船は揺れる。そうなると甲板にも波が押し寄せるだろうし、もしそんなところに誰かがいたら波に攫われてしまうだろう。

すっかり仲良くなった船員たちの顔を思い浮かべて、急に心配になってきてマリアンヌは小さく背筋を震わせる。

　すると不安に顔を曇らせるマリアンヌに気づいたイザークは、椅子から立ち上がりマリアンヌの華奢な肩を抱いた。

「大丈夫だ」

　ただそれだけの言葉なのに、力強い腕に肩を抱かれたとたん、大丈夫だと思えてくるから不思議だ。

　イザークはマリアンヌの顔を覗き込み、ゆっくりと言いきかせる。

「これから少し揺れるかもしれないが、この船の船員たちはベテランで嵐にも慣れている。今は大きな時化が続く季節ではないから、難なく朝を迎えることができると約束する。だからあなたは安心して眠るんだ」

　マリアンヌはイザークの言葉にこっくりと頷いた。

　この船の船員たちは近衛隊のように統率のとれた動きが見事だし、嵐に遭ってこの船以上に安全な場所はないというぐらいにイザークと船員たちのことを信頼している。

　頭ではそうわかっているのに、やはり彼のことを心配してしまうのは自分がイザークのことを他のみんなより大切に思っているということだろうか。

「なんだ、その顔は。まだ納得できないのか？」

「だって……イザークは無理をしそうだから心配だわ」

マリアンヌの言葉に驚いたのか、イザークはわずかに目を見開く。

「自分のことより俺のことを心配しているのか」

そう呟きため息をひとつつくと、なにを思ったのかマリアンヌの身体を抱きあげたかと思うとそのまま椅子に腰掛け、膝の上に抱き下ろす。

「イ、イザーク⁉　あの、これは……」

さっき肩を抱かれたときよりもさらに身体が密着しているし、顔が近すぎて頬にイザークの息が触れる。マリアンヌの体温よりも少し高いのか、触れるたびに身体が熱を持ち体温が少しずつあがっていく気がした。

イザークが寝ぼけたとき以外でこんなに近づくのは初めてだ。あれ以来毎晩同じ部屋で眠っていたが、イザークはすっかり懲りたようで、床で毛布に包まって眠っている。

部屋の主を床に寝かせることでは散々揉めたのだが、今はそれよりも彼がどうして突然こんな行動に出たかの方が重要だ。

これではまるで恋人か本物の夫婦のようで、ラウが見たら一瞬で船内中に触れ回られそうな状況だった。

しかしイザークはこれが当たり前であるかのようにあたふたとあちこちに視線を巡らせるマリアンヌの顔を覗き込む。

「なにをジタバタしているんだ？　いいか。あなたはなにも心配しないで俺に守られていればいいんだ」

「……っ」

突然の言葉にマリアンヌは小さく息を飲む。

イザークがこんなことを言うのは初めてだ。いや実際には〝あなたは俺が守ってやる〟と言われたことがあるが、今のは少し違う。まるで独占欲を含んだ言葉のように思えて、マリアンヌは顔を起こしイザークを見上げた。

「あの……」

今の言葉はどういう意味なの？　そう尋ねることが正しいのかわからず声が喉に貼りついて出てこない。

言葉の代わりに想いを込めてジッと見上げると、マリアンヌの瑠璃色の瞳とイザークの漆黒の瞳が絡みつく。もう二度と逃がさない。そう言われているような強い光をはらんだ視線に目をそらすことができなくなる。

どれぐらいそうしていただろう。それはテーブルの上のスープがすっかり冷めてしまうぐらいの時間だったのか、もしかしたら呼吸をひとつするぐらいの一瞬だったのかもしれない。

自然とお互いの顔が近づいて、気がつくとマリアンヌの小さな唇はイザークのそれと重なっていた。

「……」

唇と唇が触れあった瞬間、ハッと我に返る。でももうその時にはイザークの濡れた唇はマリアンヌのそれを深く覆っていた。

「ん……ぅ……」

小さく鼻を鳴らすような声をあげたけれどイザークの耳には届かないのか唇は重なったままだ。息苦しさから逃れたくて肩を揺らすと、反対にさらに強く抱き寄せられ覆い被さられてしまう。

突然の口づけに驚き、固く引き結んでいた唇を何度も吸い上げられ、その甘美な刺激に思わず唇から甘ったるい吐息が漏れる。

「はぁ……ん……」

その吐息を味わうように唇の隙間からぬめる舌が滑り込み、マリアンヌの小さな舌に擦りつけられる。

「ん……！」

初めての刺激に身体をビクリと震わせると、大きな手のひらが宥めるように背中を撫で下ろした。その甘やかな優しさにわずかに身体の力を抜くと、さらに舌が大胆に口腔を弄り始める。

熱くぬめる舌はマリアンヌの中を探索するようにゆっくりと動き回り、時折からかうよ

うに小さな舌の上に擦りつけられた。

「んぅ……ふ……んん……ぅ」

ヌルヌルと舌が擦れ合うたびにどこからともなく唾液が滲んできて、飲みきれなくなったそれはすぐにマリアンヌの唇の端から溢(あふ)れ出(だ)す。滴は顎から白い喉へと伝い落ちていき、イザークがその滴を舌で舐めとった。

素肌を舌で舐め上げられた瞬間、全身に甘い痺(しび)れが駆け巡る。マリアンヌが身体を戦慄かせると、イザークは我に返ったように顔を上げた。

「……」

突然どうしたのだろう。いつの間にか固く瞑っていた瞼を上げると、イザークはその頬を真っ赤に染めマリアンヌを見下ろしている。

「……イザーク……?」

なにか気に障ったのだろうか。問いかけるように名前を呼んだ瞬間、イザークは勢いよく立ち上がりマリアンヌを椅子の上に抱き下ろした。

「と、とにかく大人しくしていろ！　部屋から出るんじゃないぞ!!」

気圧(けお)されたマリアンヌが頷く間もなくイザークはパッと身を翻して部屋を飛び出して行ってしまった。

6

ひとり部屋に残されたマリアンヌはしばらくイザークが出て行った扉を呆然と見つめていたが、少しずつ頭が覚醒してくると、今度は先ほどまでの出来事が鮮明に蘇ってきてカアッと頭に血が上ってくる。

男の人に抱き寄せられることも口づけられることも初めてだ。父に抱きしめられたりデイオンに抱き付いたことはあるが、それは家族と友人としてだから数には入らないだろう。

マリアンヌはたった今までイザークの唇が触れていた場所に指で触れる。その場所は火傷でもしたかのようにひりついていて、生まれて初めての口づけの名残を感じた。

想像していた初めての口づけは、教会の祭壇の前でまだ見ぬ夫となる相手にされるものだった。

物語の王子様とお姫様は口づけを交わし永遠の愛を誓い幸せに暮らすのだが、それとはまったく違っている。異国の商人の息子とヴェルネの王女では物語が始まりようがない。

「はぁ……」

先ほどまでのキスの熱さも忘れ、マリアンヌはやるせないため息を漏らした。

王女として生まれたことを窮屈だと思ったことはあっても、それを疎んだことはない。だが今その身分が疎ましくてたまらなかった。

いつの間にかイザークを好きになっている自分がいて、それは家族や友だちを好きだという感情とは違うものだ。

もっと自分を知ってもらいたくて、家族にも見せない心の奥に招き入れたくなる。それがイザークに感じる気持ちだった。

それに彼に抱きあげられたときも口づけられたときも、拒むことができたのに自分はそうしなかった。

もっと乱暴で荒々しいキスをすると思っていたと言ったら彼は怒るだろうか。

最初の印象のせいか少し粗野なイメージを抱いていたけれど、本当は優しい人なのはこの数日で十分理解していたし、口づけもそれと同じように優しかった。

そして少し気難しいところもある。すぐにみんなの言葉に過剰反応するときのイザークの顔を思い出し、マリアンヌはクスクスと笑いを漏らした。

ラウの言う通り、ずっとこの生活が続くことを望んでいる自分がいる。もちろんそれができないことはわかっているが、それならせめて少しでもエーヴェに到着するのが遅れればいいのに。

そんなことを考えていたマリアンヌの耳に、扉の前をバタバタと音を立てて駆け抜けていく足音が飛び込んできた。

驚いて耳をそばだてると、足音とともに船員たちの叫び合う大きな声が頻繁に聞こえてくる。船の揺れも大きくなってきたし、嵐が近づいているのだろう。

大人しくしていろと言われたが、この騒ぎではひとりだけのんびりと寝ている気にはなれない。仕方なくしばらくは繕いものをして過ごしていたが、次第に揺れが激しくなり、俯いて手元を見つめていると眩暈（めまい）がしてきて針を置いた。

この船に乗り込んでから一度も船酔いをしていないが、この不規則な揺れではさすがに気分が悪くなってしまいそうだ。

いっそなにか手伝えることはないだろうか。マリアンヌは雨が打ちつけられる窓から外を見つめた。

外は真っ暗で、波の様子もよくわからない。暗い闇に今にも飲み込まれてしまいそうな気がして、マリアンヌは無意識に身体を縮こまらせる。

やはりみんなが働いているのに自分だけ安全な場所でのんびりしているわけにはいかない。それに力仕事はできないかもしれないが、食べ物や飲み物を配ったり、雑用を引き受けることができる。

幸い操舵室はイザークの部屋の隣だ。勝手に動き回ると怒られるから、形だけイザークに許可を取ろう。

操舵室までは雨が降る甲板を歩いて行かなければならないが、なんとかなるだろう。そんな軽い気持ちで扉を開けたことをマリアンヌはすぐ後悔することになった。

扉を開けたとたん風と共に雨粒が吹き込んできて、肌を打つ。一瞬扉を閉めようか躊躇している間にドレスに雨粒がシミを作っていくのを見て、マリアンヌは意を決して部屋を飛び出した。

大きな波で揺れる甲板はただでさえ歩きにくいのに、濡れた床がさらに拍車をかける。扉や柱に摑まり、風に煽られ、何度も転倒しそうになりながら操舵室の扉にしがみつき、勢いよくその中に飛び込んだ。

「はぁ、はぁ……っ」

部屋の中に入ったとたん自分が風雨の中で上手く息ができなかったことに気づく。新鮮な空気を胸いっぱいに吸い込んで呼吸を繰り返す。

その間にもぐっしょりと濡れた髪やドレスからは水がしたたり落ち、操舵室の床にシミを作る。

濡れ鼠とはまさにこのことで、頰に貼りついた髪や濡れたドレスを見下ろし、ひどいことになっている自分の姿を想像して、こんなときだというのに恥ずかしくなった。

さて、言い付けを破って部屋を飛び出してしまったことをイザークにどういいわけしようか。マリアンヌがそう考えたときだった。

「船体が横を向いているぞ！　もっと船首を波に立てろ！」

イザークの大きな声がマリアンヌの耳を打ち、驚いて声がした方に視線を向けた。

屈強な男ふたりが丸い操舵輪に取りついて必死に舵を取っているが、荒れ狂う波のせいでなかなか思い通りにいかないらしい。

「や、やってます！　でも舵が……！」

「それをなんとかするのがおまえたちの仕事だろう！　このまま転覆するつもりか！」

イザークの言う波に船首を立てるというのは、波に対して船を直角にするという意味だろう。もし波と平行でいれば横から大きな波に直撃されたときに、すぐに船は転覆してしまう。そのために船首を立てるのだ。

いつもの和気藹々（わきあいあい）とした雰囲気とは違い、操舵室の空気は殺伐としている。顔見知りの船員が脇を駆け抜けて行ったが、マリアンヌに目もくれない。それどころではないのだ。

軽い気持ちでなにか手伝えればと思って覗いてしまったが、これでは自分が役に立てることなどない。それどころかここにいてはただ邪魔なだけだ。

大人しく部屋に戻ろうと扉に手をかけたときだった。

「マリー！　こんなところでなにをしているんだ！」

マリアンヌがそこにいることに初めて気づいたのか、イザークが駆け寄ってくる足音がする。

初めて聞く怒りをはらんだイザークの声にマリアンヌがとっさに動けずにいると、次の瞬間肩に手がかかり、乱暴に振り向かされた。

「部屋で大人しくしていろと言っただろう‼」

怒鳴りつけられて、首を竦めてギュッと目を瞑る。

「ご、ごめんなさい……なにかお手伝いができるかと思って」

自分が浅はかな気持ちでここに来てしまったことが情けなくて恥ずかしい。涙が滲んでしまうが、幸か不幸か濡れ鼠の今なら気づかれずに済むだろう。

すると頭の上で盛大なため息が聞こえた。

「まったく……こんなに濡れて。怪我は？」

イザークは部屋の隅にかかっていた上着を手に取るとマリアンヌに着せかけてくれる。

「だ、大丈夫」

視線を合わせられなくて俯いたまま頷くと、イザークは再びため息をつく。

「こうなるから部屋にいてくれと言ったんだ。あなたの気持ちは嬉しいが、ここでできることはない」

きっぱりそう言い切られたが、イザークの言う通りだった。

普段凪いでいるときなら陸にいるときと変わらない、穏やかで揺れを感じないぐらいの大きな船がこれほど揺れるのだから、相当の嵐だ。

船上生活に慣れた船員たちでさえ大変なのに、昨日今日船に乗るようになった、しかも素人のマリアンヌにできることなどないのだった。

「ええ、そのようね。よくわかったわ」

「では誰か人をつけるから部屋に戻っていてくれ」

その提案にマリアンヌはすぐに首を横に振った。

そうなるとこの部屋の人手が足りなくなるし、送ってくれる船員も風雨に晒すことになってしまう。ただでさえ邪魔をしにきただけだと反省しているのに、人手まで奪ってしまってはさらに足を引っぱることになる。

「大丈夫よ。ひとりで戻れるわ」

マリアンヌの言葉にイザークは一瞬だけ疑わしげな眼差しを向けた。単身船に乗り込んでくるようなお転婆娘の言うことは信用できないという顔だ。

「本当よ。あなたの仕事の邪魔をしたくないの。ちゃんと部屋に戻ると約束するわ」

「ではあとでラウに様子を見に行かせる。話し相手になってくれるだろう」

それはいいアイディアだ。ラウなら色々な嵐についての疑問にも答えてくれるだろうし、ひとりでいてやきもきするよりよっぽどいい。

「わかったわ。そうします」

マリアンヌが素直にこっくりと頷くと、イザークが硬かった表情を少しだけ和らげた。

「俺もあとで様子を見に行くからいい子にしているんだぞ」

子どもにするように頭を撫でられドキリとして、思わずイザークの顔を見上げた。

精悍な頰のラインから顎、それから唇が視界に飛び込んできてマリアンヌは小さく息を飲む。イザークの黒々とした瞳とマリアンヌの瑠璃色の瞳の間で、確かに小さな火花が爆ぜた。

「……っ」

突然脳裏に先ほどのキスの記憶が蘇ってきて、イザークの唇から目が離せなくなる。ほんの少し前、あの唇に情熱的にキスをされたのだ。

濡れた唇を何度も擦り合わせて舌を絡み合わせた。まるで寄り添って身体を押しつけ合いながらダンスを踊るような、そんな淫らなキスだった。

イザークの唇がわずかに震え、微かに開いたかのように見えたときだった。

「いい雰囲気で盛り上がってるところ申し訳ないんですけど、いい加減俺たちがいることを思い出してくださいよ～」

突然飛び込んできた声に我に返る。すっかり忘れていたが、ここには他の船員もいたのだ。

「そうっすよ！　イチャイチャするのは嵐が収まってからにして欲しいっす！」

「俺なんて独り者なんですからね！　少しは気を遣ってくださいよぉ！」

あちこちから飛んでくる声に、イザークとマリアンヌは揃って真っ赤になった。もしかして物欲しげにイザークを見つめていたのもすべて見られていたのだろうか。

あのひととき、もう一度さっきのように口づけて欲しくてどうしようもなかったのだ。なんてはしたないことを考えていたのだろう。

「じゃ、じゃあ！」

みんなの顔を見るのも恥ずかしくて、マリアンヌは外が暴風雨であることも忘れて飛び出した。そして扉を閉めたとたん足を取られて大きく尻餅をつく。次の瞬間波に乗り上げた船首が大きく上がり、マリアンヌは斜めになった甲板を滑り落ちた。

「キャアッ‼」

マリアンヌの悲鳴は風にかき消され誰の耳にも届かない。幸いすぐに甲板は平行を取り戻し、マリアンヌは壁に摑まりながらなんとか立ち上がる。こんなところでグズグズしていては、みんなを心配する前に自分が波に攫われてしまう。

恐ろしいことに船首が上がったときにかなりの距離を滑り落ちたらしく、イザークの部屋の前を通り過ぎ、窓の明かりが遠くなっている。

すぐそばにはぽっかりと闇が広がっていて、マリアンヌは自分がその闇に飲み込まれてしまいそうな気がして思わず身体を震わせた。

船の淵からは時折大きく跳ねた波が飛び込んできてマリアンヌのスカートの裾にかかる。すっかり雨で濡れたドレスに今さら影響はないが、今度は大きな揺れで転倒しないよう、万が一にでも波に攫われないように慎重に歩きはじめたときだった。

「あ！」

視線の先でロープが風にはためいているのを見て、マリアンヌは声をあげた。

近づくとそれは予想通り積み荷を押さえ付けている網の端のロープで、すぐに結び直さないとこの波では積み荷が崩れて海の中に放り出されてしまう。

マリアンヌはツルツルと滑る床に足を取られながらもはためくロープの端に飛びついた。ロープを結んで積み荷を固定することぐらいならなんとかできるだろう。先日教わったばかりの本結びが役立ちそうで、こんな風雨の中だというのにマリアンヌの唇に笑みが浮かぶ。

網の端のロープを手に結びつける先を探す。そしてロープの片割れを見つけた瞬間、マリアンヌの唇からは先ほどの笑みが消えてしまった。昼はきちんと結びついていたはずのロープの長さが足りなかったのだ。

「どうして……？」

雨のせいではっきり見えないが、風雨でロープがちぎれたようにも見えず、何度も網の端のロープを引っぱってみるが、やはり圧倒的に長さが足りない。

よく見るとすでに荷の一部は崩れて最初にあった場所から大きくずれている。どうやらロープがほどけ網が緩んだことで積み荷が横にずれてしまったらしい。そのせいで網が引っぱられてロープの長さが足りなくなっていて、応急処置としてロープを継ぎ足すか荷箱を積み直すしか方法はなさそうだ。

大声をだして助けを呼ぼうか迷ったが、こんな嵐の中で叫んでも船の中にいるみんなに声が届くわけがなかった。

イザークの部屋で時折操舵室へと走る船員の足音は耳にしていたから、誰かが通りかかるのを待つしかない。それまでなんとかこの積み荷が崩れ海に飛び込まないように網を押さえるぐらいのことしかできなさそうだ。

マリアンヌは自分が重石（おもし）になる覚悟を決めてロープの端をしっかりと腕に巻き付けてから甲板に腰を下ろす。

「誰か来て！　助けて‼　誰か……‼」

予想していたが、やはり声は風の音にかき消されてしまう。

そしてこの作戦には欠陥があるのにすぐ気づくことになる。嵐がひどくなっているせいで誰も甲板まで出てこないのと、容赦なく降り注ぐ雨だった。

冷たい雨はすぐにマリアンヌの体温を奪い、指先がかじかんでくる。晴れているときの甲板は過ごしやすいのに、今は叩きつける雨が針のように肌に突き刺さるのだ。

腕に巻き付けておいたおかげで指が震えてロープを放してしまうことはなかったが、船が揺れるたびに荷が左右に振られるせいで腕が引っぱられてロープが肌に食い込んでいく。とうに痛みを感じなくなっているのが救いだが、少しずつ意識が朦朧としてきて気が遠くなってくる。

誰かが通りかかったときに気づいてもらえないと困るので風雨の中で目を凝らして頑張っていたが、次第に瞼が重くなってきてしまう。

「誰か……誰か来て……」

そう口にした声は、風が吹いていなくても消え入って誰の耳にも届かないほど掠れ小さくなっていた。

こんなところでグズグズせずに助けを呼びに行った方がよかったのだろうか。一瞬後悔がよぎったけれど、あの時はこうすることしか思い浮かばなかったのだ。

「……イザーク……」

遠ざかって行く意識の中で、今一番会いたい人の名前を口にする。この船に乗り込んだとき一番大切でずっとそばにいたいと思っていたのはミレイユだった。

でも今一番そばにいて欲しいのはイザークだ。肩を抱いて、その広い胸に引き寄せて欲しい。

後頭部からなにかに引っぱられるように、すーっと意識が遠のいていき身体の力が抜ける。マリアンヌはそのまま床に倒れ込んだ。

もう打ちつけてくる雨の冷たさも感じないほど身体は冷え切っていて、眠くてたまらない。もしかしてこのまま死んでしまうのだろうか。

「……」

そう思った瞬間怖くてたまらなくなる。

「誰か……誰か来て！」

最後の力を振り絞ってそう叫んだときだった。

「マリー!?」

耳に届いた言葉に目を開けたいのに、瞼が重くて身体が言うことをきかない。その代わりに水飛沫（みずしぶき）を上げながら駆け寄ってくる足音がして、マリアンヌはこれで積み荷は守られるとホッとため息を漏らした。

「マリー！　どうしてこんなところにいるんだ!!」

そう叫んだもののすぐに状況を察したイザークはどこかへ駆けてゆき、すぐに船員たちが飛んできた。

雨と風の音しか聞こえなかった甲板に船員たちの声が響きわたり、木箱を積み直すための指示が飛ぶ。マリアンヌはそれを見届ける間もなく、イザークに抱きあげられて部屋に連れて行かれた。

暖かな部屋の中に入ったとたん、マリアンヌは自分が震えていることに気づく。口を閉じようとしても歯がカチカチとぶつかり上手くできない上に、寒さのせいなのか、なにかで殴られたかのように頭が痛むのだ。

するとパッと伸びてきた手がマリアンヌの身体からドレスを剝ぎ取ろうとする。

「きゃっ！　な、なにをするの！」

「いいから大人しくしろ。濡れたものを身に着けたままではどんどん身体が冷えるんだ」

抵抗する手を押さえ付けられ、イザークにドレスを脱がされシュミーズ一枚にされてしまう。恥ずかしさに身を縮こまらせる間もなく温かな毛布に包まれベッドの上に運ばれた。

「ほら、これを飲むんだ」

いつの間に運ばれてきたのか、湯気の立つ大きなカップを手渡され素直に口をつける。それは貴重な砂糖をたっぷりと入れたお茶で、胃の辺りから冷えた身体の中にじんわりと広がっていく。

「……美味しい」

思わずそう漏らすと、イザークの怒鳴り声が降ってきた。

「まったく！　あんなところで死ぬつもりだったのか！」

ずっと我慢していたものが爆発したという感じで、マリアンヌが無事なのがわかってやっと出てきた言葉なのだろう。

「……ごめんなさい」

あのちぎれたロープを見つけたときは、こんなことになるとは思わなかったのだ。

「部屋に戻っていろと言っただろう。俺が通らなかったらどうなっていたと思ってるんだ！」

「だ、だって……積み荷が届くのを待っている人がいるって言っていたじゃないの。だから積み荷を」

「人の命より大切な荷物などない！」

最後は遮るように怒鳴りつけられ、マリアンヌは口を噤むしかなかった。

取りつく島がないとはこのことだ。こうなるとなにを言っても無駄な気がする。嵐と同じでイザークの怒りがやむのを待つしかない。

その間にも次々と湯が運ばれてきて、一緒に運ばれてきた桶の中に注ぎ込まれていき、あっという間にそこは温かい湯で満たされていた。

「さあ、湯で身体を温めるんだ」

イザークはそう言ったが、船で貴重な水をこんなふうに使うことには抵抗がある。マリアンヌが拒否の意を伝えようと首を横に振ると、なにを思ったのかイザークは乱暴にマリアンヌを抱きあげそのまま湯の中に抱き下ろしてしまった。

「きゃっ！」

勢いがありすぎたのか飛沫が上がり床を濡らす。

最初は熱いと感じた湯は痺れと共に身体中に染み渡っていき、初めて自分が冷え切っていて毛布ぐらいでは体温を取り戻せなくなっていたことに気づいた。

そういえば以前父が溺れた人間は意識を失って死んだと思っていても、身体を温めると蘇生（そせい）することがあると話していたことを思い出す。

長時間冷たい雨に晒されていた自分も、溺れた人と同じぐらい体温を奪われていたのだろう。

温かな湯はありがたいが、やはり貴重な水を使わせてしまったことが申し訳ない気持ちは変わらなかった。

「あの……大切な水を無駄遣いしてしまってごめんなさい」

また怒鳴りつけられる恐れがあったが、言わずにはいられない。背後にいるはずのイザークに向かってそう告げると、深く息を吐き出す気配がした。

「そんなことはいい。今は自分のことを考えろ。背中にも湯をかけるから驚くんじゃないぞ」

言葉と共に背中や肩にも温かな湯がかかって、さらに身体が温かくなっていく。

「それに湯なら洗濯にでも使えば無駄にならないから気にしなくていい」

イザークはそう言ってくれたが、洗濯にはためておいた雨水を使うことになっていて、この嵐なら洗濯の水は十分足りているはずだった。

しかしそれを口にして、やっと収まってきた怒りを再燃させるわけにはいかないと口を噤む。するとイザークの方がポッポッと呟くように話し始めた。

「風が弱まってきた隙にラウを呼びに行こうと出てきたら、あんなところでうずくまっているあなたを見つけたんだ」

「もう嵐は収まってきたの？」

そう尋ねながら窓の外に視線を向けるがまだ夜明けには遠いのか、窓の外には暗闇が広がっている。しかし気づけば大きな揺れは収まっていて、ずっと感じていた眩暈のような気持ちの悪さも消えていた。

「ああ、あと数刻で夜明けだが、その頃にはすっかり晴れているだろう。まあみんな疲れきっているから、明日は誰も起きてこないだろうが」

背後で微かに笑う気配に、マリアンヌはホッと胸を撫で下ろした。

「髪も洗うぞ」

「えっ」

「どうせ自分でまともに髪など洗ったことがないのだろう？」

「そ、そんなことないわよ」

入浴時にはいつも侍女のひとりやふたりが付き添っていたが、マリアンヌはそれを少し面倒だと感じることもあった。

でもイザークにこうして甲斐甲斐しく世話をされるのは悪い気分ではない。乳母や侍女にされるよりも荒々しく、容赦なく頭から湯をかけられるが手つきは優しい。

髪を洗ったあともしばらく湯をかけてもらい、すっかり温かくなるとイザークが乾いた布を手渡してくれる。

「濡れたものは脱いでその辺りに干しておけ。下着ならすぐに乾くだろう」

「でも……」

ドレスを脱がされただけでも恥ずかしいのに、さらにシュミーズまで脱ぐなんて羞恥の極みだ。

「せっかく温まったのにそのままではまた冷えるぞ。身体を拭いてドレスが乾くまで毛布に包まっていればいい。ほら、俺は向こうを向いているから早くしろ」

急かすように言われて念のため振り返ると、イザークはすでにこちらに背を向けて扉の前に立っている。

マリアンヌは躊躇いつつも湯から出ると、シュミーズを脱いで手早く身体を拭き、大急ぎで毛布に包まる。少し迷って濡れたシュミーズを椅子の背に干してからイザークに声をかけた。

「あの……もう大丈夫よ」

振り返ったイザークは毛布をきっちりと身体に巻き付けたマリアンヌを見て、ホッとため息をつく。

「なにか着替えを用意した方がいいな。下着はいいが、ドレスの方は朝までに乾かないだろう」

そう言ってイザークが出してくれたのは彼が普段身に着けているシャツとズボンだ。ついでに自分の濡れたシャツも新しいものに着替える。

「こんなものでは気に入らないかもしれないが、洗濯はしてある」

「ありがとう」

素直に受け取るために伸ばした手を、なにを思ったのかイザークが突然ギュッと握りしめる。

「イザーク……？」

どうしたのだろう。首を傾げたマリアンヌの手を両手で包みこみ、自身の額に祈るように押しつけた。

「あなたを失うかもしれないと思ったら……」

苦しげな声音に、彼が本当に心配してくれたのだとわかる。自分だってイザークが同じ目に遭ったら、心配でどうにかなってしまうだろう。だからこそなにも考えずに、嵐の中操舵室に行ってしまったのだ。

「雨に濡れて甲板に倒れたあなたを見つけたとき、俺は怖くてたまらなかったんだ」

「……うん」

自分はここにいるという想いを込めてイザークの手を握り返す。するとイザークは夕食のときのようにマリアンヌの身体を抱きあげ、ベッドの上に腰掛ける。

あのキスをしたときと同じ体勢だが、あの時と違い今マリアンヌの身体を覆うのは毛布一枚だけだ。

そう考えたら少し緊張してしまうが、怖くはなかった。

「あなたに触れてもいいか？」

イザークにしては控えめな言葉に、マリアンヌはクスリと笑いを漏らす。

「もう触れているじゃない」

まるで叱られた子犬が許しを乞うみたいだと言ったら、彼はいつものように怒り出すだろうか。

「そういう意味じゃない」

拗ねたような口調にまた笑いが漏れそうになる。

「わかっているわ」

マリアンヌは噴き出さないように唇を引き結んでから微笑むと、自分から腕を伸ばして首筋に抱きついた。

「……っ」

イザークがくぐもったうめき声をあげる。

腕を伸ばした瞬間毛布が肩からずり落ちたが仕方がない。イザークに抱きついている方が、毛布よりよほど温かいのだから。

すぐに力強い腕に抱き返され、マリアンヌは身体をイザークの胸に預ける。そうしていると、なにもかもから守られて心配事など消えてしまうような気がした。

やはりイザークのことが好きだ。船の仲間はみんな親切だし楽しいけれど、その誰ともイザークは違う。彼は自分のことをどう思っているのだろう。

その時、マリアンヌの問いに応えるようにイザークが掠れた声で呟いた。

「本当はずっとこうしたかった……」

切なげに、絞り出されたような声に胸がいっぱいになる。今の一言で、この時間だけは自分がヴェルネの王女だということを忘れてしまおうと思った。

初めて彼に頭を撫でられたときは父に似ていると思ったが、それは間違っていたと今ならわかる。

父に触れられてもこんなふうに甘酸っぱく切ない気持ちになどなったりしない。それにキスをしたいと思える相手はイザークだけだ。

たとえこれが今夜限りで、結ばれることのない運命だとしても彼にすべてを捧げて悔いはないと思った。

7

「顔を見せてくれ」

　首に回していた腕の力を少しだけ緩めると、イザークが気遣うようにマリアンヌを見下ろしている。このままマリアンヌに触れ続けていいのか迷っているようだ。

　しかしマリアンヌの心はすでに決まっていて、彼が躊躇したとしてもやり遂げるつもりだった。

　そうは言ってもなんの経験もない身には具体的にどうすればいいのかわからない。と言うか、イザークはどうなのだろう。

　いつも船員たちにからかわれている様子を見て女性慣れしていないのではと思ったが、これまでに誰かに触れたことがあるのだろうか。

　さすがに面と向かって尋ねることはできないが、もし彼が女性経験がないことを気にして迷っているのなら、自分は大丈夫だと伝えたかった。

「あの、あのね……」

そう口に出して口ごもる。やはりそんなことを口にしたら男としてのプライドを傷つけてしまうのではないだろうか。

でも言いかけてしまった以上、なにか言わなければ収まりがつかない。イザークはマリアンヌが続きを口にするのを待っていて、ずっと心配そうにこちらを見下ろしているのだから。

「えーと……私も頑張るから、一緒に頑張りましょう？」

マリアンヌが悩みに悩んでやっとそう口にすると、イザークはしばらくぽかんとして、それからクックツと喉を鳴らして笑い出した。

「ど、どうして笑うの？」

なにかおかしなことを言っただろうか？ ドギマギとして見上げるマリアンヌの前でイザークはひとしきり笑うと、大きな手のひらでピタピタとマリアンヌの頬を叩いた。

「まったく。やっぱりあなたは世間知らずのお姫様だな」

「え？」

お姫様という言葉に一瞬ドキリとしたが、すぐにそれが軽口だとわかる。

「男を知らないあなたに励まされるとは思わなかったな。俺はそんなに頼りなさそうな男に見えるのか？」

「ち、違うけど……」

「こんなところで無垢なあなたに触れる自分に罪悪感を覚えていたんだが、その心配はなさそうだな」

　フッと緩んだ唇と優しく下がった目尻を見て、心臓が跳ね上がる。イザークがこんなふうに艶めいた笑みを浮かべるのは初めてだった。

「……ん」

　イザークは顔を傾けマリアンヌに軽く触れるだけのキスをする。

「さあ、俺の知らないあなたを見せてくれ」

　次の瞬間言葉と共に押し倒され、毛布の上に仰向けにされていた。

　毛布の下は素肌だったので、マリアンヌの白くまろやかな四肢は漆黒の瞳の前にすべて晒されてしまう。

　男の手なら一捻りで手折られてしまいそうな細い首、水をたたえられるほど窪んだ美しい肩甲骨、丸みのある双丘の上では小さな蕾が空気に晒され控えめに立ち上がっている。

「綺麗な身体だ」

　イザークはそう言いながら手のひらをほっそりとしたウエストラインに滑らせた。へその下に視線を落とせば淡い金色の茂みに、白い足がすっきりと伸びている。

　彼の視線が自分の裸体を検分しているようで、急に恥ずかしくなる。思わず両腕で胸を隠す仕草をしたら、華奢な手首を摑まれ左右に割り開かれてしまった。

イザークの前で白い膨らみがふるりと揺れて、漆黒の瞳の奥でなにかが煌めいた。その眼差しだけで身体が疼くような不思議な感覚に包まれる。

「あの……あまり見ないで」

マリアンヌがあまりの居たたまれなさに顔を赤くしてそう口にすると、イザークはわずかに顔を傾ける。

「なぜだ？　見なければどこに触れたらいいのかわからないだろ？」

「だ、だって……私は裸、なのよ？」

するとイザークはマリアンヌの手首を離すと、両腕を交差させてパッとシャツを脱ぎ捨てた。筋肉質な裸の胸を目の当たりにしてマリアンヌはさらに頬を赤らめる。

自分はこの胸に何度も抱きしめられて、これからこの人に身を任せるのだ。

「……」

目のやり場に困りキョロキョロと辺りに視線を彷徨わせるマリアンヌを見てイザークが苦笑する。

「そんなに恥ずかしいのなら目を閉じていればいい。もちろん俺がこれからあなたになにをするのか、すべて見ていたいのなら別だが」

その言葉にカッと頭に血が上り、マリアンヌは音がしそうなほどギュッと、固く目を瞑った。

「大丈夫だ。怖いことなんかしない。あなたはそうやって恥ずかしがっていればいいんだ」

つまりこれから恥ずかしいことはすると言うのだ。なにをされるかわからない緊張からさらにギュッと目を瞑ると、イザークがクスクスと笑いながらマリアンヌの唇に口づけた。

「ほら、さっきのように口を開けて見ろ」

固く閉じていた唇を舌先でペロリと舐められる。擽ったさに唇を緩めると、マリアンヌのものより厚みのある舌が差し込まれた。

「ん……ふぁ……」

首を仰け反らせさらに口を大きく開けると、口の中いっぱいに熱い塊がねじ込まれる。敏感な舌を擦られ、その刺激に口の中にドッと唾液が溢れ出す。

「は、ん……ぅ……んぅ……」

クチュクチュと音を立て口の中を荒らされ満遍なく舐め回されて、息苦しさに鼻を鳴らしてまう。

触れられているのは口の中のはずなのに背中がざわりとして、お尻の辺りがムズムズする。

口の端から滴が溢れ、白い喉へと伝い落ちていく。熱い舌がそれを追いかけるように這わされ、喉元や鎖骨の付け根の膨らみにも口づけられた。

「んん……っ……」

唇で触れられた場所はどこもかしこも熱くて、そして離れたあとも疼いてしまう。

イザークはどんな顔をして自分の身体に口づけているのだろう。マリアンヌははしたないと思いながらうっすらと瞼を開く。

するとまるでそれを見越したようにこちらを見上げるイザークの黒い瞳と視線がぶつかった。

「……っ！」

イザークはなにも言わずニヤリと唇を歪めると、わざと見せつけるように大きな口を開けてマリアンヌの胸の頂を口に含んだ。

「ひぁ……んんっ！」

まだ未熟な蕾が熱い粘膜に包まれて、マリアンヌの唇から甘い悲鳴が漏れる。

視線の先でぷっくりと膨らんだ乳首に舌が絡められ、再び口の中へ連れ戻されるという行為が繰り返されて頭の中が真っ白になってしまう。

「や、そんな……ん、あぁ……っ」

男女が身体を繋げる行為については、一応知識として教えられている。例えば閨で裸になって一緒に眠るとか、夫となる人になにをされても嫌がらずに従うようにとか、身体の一部を繋げるとかそんなことだ。

身体的接触だとは知っていたが、こんなふうに身体に口づけられたり、淫らな声が出てしまうような行為だとは知らなかった。

「や、ん、んんぁ……は……ぁ……」

腔内(こうない)で乳首を舐め転がされるたびに全身に甘い疼きが広がっていく。このままではなにもわからなくなって、おかしなことを言ってしまいそうな自分が怖い。

「あ、ン！　ま、まって……っ」

マリアンヌはとっさに手で黒髪を押し返す。

「どうした？」

「あの、これ……ダメなの、へ、変だから……っ」

顔を真っ赤にしたマリアンヌを見て、イザークはニヤリと口角を上げる。

「なにがダメなんだ？　可愛らしい声が出てしまうからか？」

「……っ！」

「ほら、手を離せ」

手首を掴まれてしまったら、力で勝てるはずもない。せめてイザークが再び無防備になった乳首に吸いつくのを見ないためにギュッと目を瞑る。

「ふっ……ん、んぅ……」

わざとチュプチュプと音を立てて乳輪ごと吸い上げられたかと思うと、硬くなった膨らみを唇で押しつぶすようにして扱かれる。

「んぅ……は……ふ……ぅ」

マリアンヌにできる抵抗と言えば声を出さないようにすることぐらいだが、すぐにそれは無駄だと思い知らされた。

イザークはマリアンヌが声を殺そうとしていることを面白がって、さらに激しく口淫を続けたのだ。片方が真っ赤になるともう一方も同じように口に含む。吸われすぎて腫れ上がった乳首ごと柔らかな胸の膨らみを揉み上げられて、白い肌に長い指が食い込む。

唾液で濡れた乳首はぬらぬらといやらしく光り、自分の身体ではないみたいだ。そして最初は擽ったいと思っていた素肌への口づけは次第に愉悦へと変わっていく。

ちゅぷんと音を立てて口腔から乳首が飛び出し、散々舌と指で嬲られたそこは果実のように真っ赤に充血して大きく膨らんでいた。

「見てみろ。すっかり熟れて今にも弾けそうだ」

イザークは楽しげに呟くと、指で先端を弾く。愛撫で感じやすくなった乳首には、その刺激だけで身体を震わせるのに十分だった。

「……んんっ！」

初めて与えられる刺激で何度もいやらしい声をあげてしまったことが恥ずかしくて、もう自分がどんな顔をすればいいのかわからない。

「や……」

羞恥に耐えきれなくなったマリアンヌが身体を捻って顔を隠すと、イザークが隣に横たわり背後から抱きしめてきた。

「……っく」

小さくしゃくり上げると、最初の夜のように大きな手が頭を撫でる。

「大丈夫か？」

あの時より優しい手つきに思えて、マリアンヌは小さく頷いた。

「寒くはないか」

背中にぴったりと胸を押しつけられて、少し熱いぐらいの体温が心地いい。寝ぼけて抱きしめられたときよりも熱く感じるのは素肌同士だからか、それとも彼の体温があがっているのだろうか。

腕の中でまたコクコクと頷くと、今度は背後から伸ばされた手で両胸を包みこまれる。

最初はやわやわと反応を確かめるようだったが、すぐに指が食い込むほどの力で双丘を揉み上げ始めた。

「ん……ふ……」

ギュッと身体を縮こまらせようとするが、痛いぐらい立ち上がっていた乳首を筋張った指で捏(こ)ね回(まわ)されて、その刺激を逃がすように背を反らしてしまう。自然と自分から彼の身体に背中やお尻を擦りつけるような仕草になり、太股に硬いものが触れた。

イザークはまたポケットになにか入れたままにしているのだろうか。一瞬そう考えて、それがポケットの中のものではなく、彼自身の硬さなのだと気づく。

家庭教師に教わった男性器というものだろう。まさかこんなに硬く大きなものだと知らなかったし、なにより初めて目覚めた朝に同じものを身体に押しつけられていたのもショックだった。

驚きのあまり身体を強張らせたマリアンヌに、さらに硬いものがゴリゴリと押しつけられる。

「わかるか？」

イザークが背後から耳に唇を押しつけて囁く。

「あなたが欲しすぎてこうなったんだ」

どう答えればいいのかわからずふるふると首を振るが、上から押さえ付けるようにして耳朶が口に含まれ、熱い舌がヌルヌルと耳孔を犯し始めた。

「んぁ……や、やだぁ……ん、んぅ……」

大きな手のひらで身体を撫で回され、ぴちゃぴちゃと音を立てて耳孔を舐め回されて頭の中が水音でいっぱいになる。

「や、あ、はぁ……ぅ」

羽交い締めにされた腕の中で身を捩るが、当然その腕が緩む気配はない。それどころか手をするりとお腹から足の間へと滑らされ、淡い金色の茂みをさわさわと撫でられる。

さらにその奥に指を這わされそうになり、マリアンヌは両の足をギュッと閉じる。イザークに胸を愛撫されているうちに、足の間がジンジンと痺れて、太股を擦り合わせるだけでヌルヌルとぬめってしまうほどの愛蜜が溢れ出していたからだ。

どうして自分の身体がこんなふうになってしまうのかわからない。イザークに触れられるのは恥ずかしいが嫌ではない。ただ自分の気持ちや身体が少しずつ昂ぶって、次第に頭の中が霞がかったみたいになにも考えられなくなっていくのが怖かった。

イザークはマリアンヌの肩を抱くと再び仰向けにする。そのまま肩を支えたまま口づけてきた。

「んふぅ……っ」

たった一日でキスの快感を知ったマリアンヌは、自ら口を開き淫らに蠢く舌を受け入れた。長い舌が頬の裏や口蓋に擦りつけられ、ゾクゾクとした快感が全身を支配して、その刺激にすっかり蕩けてしまう。

肩を抱いていない手は胸の膨らみをすくい上げ、すっかり感じやすくなった乳首を捏ね回す。

「あ、んぅ……む……は……」

声をあげたいのに唇はキスで塞がれていて、くぐもった声すらイザークの口の中に吸い込まれてしまう。

熱い手のひらはそのままマリアンヌの白い身体を撫で回し、引き締まったウエスト、そして再び足の間に伸ばされた。

先ほどとは違いキスと愛撫で抵抗ができなくなっていて、力の抜けた太股を割って長い指が愛蜜の溢れる場所に触れる。

「んんっ……や……」

すでに内股まで溢れた蜜がイザークの指をしとどに濡らし、指は蜜を絡ませながら閉じた割れ目の上を上下するように撫でさする。

「は、ん……んぅ……」

ヌルヌルとした刺激が怖くて首を振ると唇が自由になり、その代わりに熱い唇はぱっくりと赤く染まった耳朶を咥え込む。

「ほら、膝を立てろ」

そう囁かれたが、そんなはしたないことはできない。そんなことをしたら濡れた場所がイザークの目に晒されてしまう。

すると内股に手がかかり片足を折り曲げるようにして抱え上げられる。慌てて閉じようとするよりも早くイザークの長い足を挟み込まされ、無理矢理足を開かされてしまった。

「いや……こんな……っ」

「大丈夫だ。誰も見ていない」

そういう問題ではないのだ。しかし女心のわからないイザークは、剝き出しになった花弁に指を伸ばし、その場所を揉みほぐすように愛撫する。

「あ……ん、は……ぁ……」

擽ったいようなもどかしいような甘い疼きにどうしていいのかわからない。

「すっかり濡れていて、もう押しただけで指を飲み込みそうじゃないか」

イザークは笑いを含んだ声で囁くと、言葉の通り指に力を込める。つぷん、と指が花弁の間に沈みこみその刺激にマリアンヌはぶるりと身体を震わせた。

「あ、あ、あ……」

異物のはずなのに、イザークの長い指はさして痛みも感じずマリアンヌの淫らな隘路に収まってしまう。

「んん……ぁ」

「どうだ?」

優しく尋ねられたが、よくわからない。痛くはないけれど、自分の中に他人の指があるのは不思議な感じだ。

「わ、わからない……」

素直にそう口にして、助けを求めるようにイザークを見上げる。羞恥ですっかり潤んでしまった瞳を見てイザークがフッと口許をほころばせた。

「ふ……可愛いな」

そう呟いてチュッとキスを落としたイザークは楽しげで、マリアンヌの反応ひとつひとつを面白がっているようだ。

長い指は探るように、ゆっくりと隘路を弄るように引き抜かれ、再び押し戻される。そのたびに感じるゾクリとした刺激にマリアンヌの腰が浮き上がり、自分でもわかるぐらい膣洞が震えてしまう。

「あ、イザ……ク、も、もう……んぁ……」

横たわっているのに足元から崩れ落ちていくような感覚に、腕を伸ばしイザークの胸にしがみつく。そうしていなければ自分がどこか深いところへ落ちていってしまいそうな気がした。

「や、や、これ……いや、なの……っ」

必死にそう訴えたのに指の動きは止まらない。最初は控えめだった指の動きは次第に大胆になり、次々と新たな愉悦が追いかけてくる。

「本当に嫌なのか？　俺には……あなたが感じているように見えるぞ」

そう言って耳朶に唇を押しつけられたが、ひどく焦れるようなこの感覚が感じていると言えるのかわからない。

イザークはマリアンヌの焦燥を煽るように耳朶に吸いつくと、グチュグチュと派手な音を立てて反対側の耳孔も犯し始めた。

「ん、や、んぅ……あぁ……ン」

今日まで感じると思わなかった耳朶を舌で開発され、同時に隘路を太い指で犯される。こんな強い快感に支配されて、マリアンヌはイザークの胸の中でグズグズと鼻を鳴らすしかない。

「や、もぉ……やめ、て……」

「やめない。ここで……俺を受け入れるんだ」

その言葉に先ほどお尻や太股で感じた硬い雄の象徴を思い出した。

指だけでもこんなに窮屈で痛いのに、あんなにも硬く太いものを受け入れられるはずがない。やはりイザークは女性に慣れていなくて、間違えているのだ。

「む、むりよ……こんな、の……」

「大丈夫だ。ちゃんとできている」

なにが大丈夫なのかわからない。マリアンヌがグズグズと鼻を鳴らすと、イザークは隘路から指を引き抜いた。

わずかな喪失感と淫らな焦燥感からの解放でホッとしていると、イザークは身を起こしマリアンヌの足元に回り、ほっそりとした足を左右に割り開く。

男性に向かって足を広げ下肢を晒すというはしたない格好に一瞬気が遠くなる。

「ああ、いい眺めだ。とても……綺麗だな」

満足げにその場所を凝視されて、恥ずかしさのあまりジタバタと足を振り回すが、素早く押さえ付けられてさらに膝を折られて足を大きく広げられてしまう。

必死に太股同士を引き寄せようとしても、男の力に敵(かな)うはずもなく足ははしたなく開かれたままだ。

「み、見ないで……っ！」

そう叫ぶマリアンヌの目の前でイザークは足の間に身体を割り込ませて閉じられないようにすると、下肢に顔を近づけ、赤く充血した媚肉に熱い息を吹きかけた。

「ひぁっ！」

「乙女のくせにずいぶんと敏感だな。まあその方が可愛がりがいがあるが」

呟きの意味がわからない。マリアンヌが思わず男の名を口にしたとたん、下肢に言葉にできない甘い痺れを感じた。

「イザーク……ひぁぅっ‼」

イザークが長い舌を伸ばして、剝き出しになった肉襞に舌を這わせたのだ。

「な、なんてことを……！」

そんなところを舐めるなんて信じられない。そう訴えたいのにイザークは震える細腰を抱え込み、愛蜜で潤んだ花弁に顔を埋めてしまう。

「だ、だめぇ……そんな……っ、ん、んぅ……！」

舌先で肉襞をかき分けその奥にある花芯を剝き出しにし、唇でその小さな突起を挟みチユウッと強く吸い上げる。

「あ、あ、あぁ……っ！」

目の前がチカチカしてしまうような強い刺激にマリアンヌの唇から一際高い声が漏れる。

「やっぱり乙女でも感じるところは同じだな」

マリアンヌの反応に満足げに呟くと、小さな肉芽をさらに舌と唇で丁寧に舐め転がす。

「こうして感じておいた方があとが楽だ」

マリアンヌの抵抗などお構いなしでそう言うと、今度は二本の長い指を絡め合わせるようにして再び蜜壺へと押し込んだ。

「あぁ……ん、いま、入れちゃ……やぁ……っ」

腰をくねらせて逃げようとするが膝を折ったままの片足を押さえ付けられて動けない。ジタバタするたびに自分で腰を揺すっているようないやらしい動きをしてしまう。

イザークは感じやすい花芯を舐め転がしながら、長い指で膣洞をかき回し中を押し広げる。

「んぅ……あ、あぁ……や、ン……ぅ……」

愛撫でぷっくりと大きくなった肉芽から痺れが伝わって、膣壁がヒクヒクと痙攣する。膣洞が収斂するたびに図らずも二本の指を締めつけてしまい、そんな反応をしてしまうことが恥ずかしくてたまらない。

なによりも嫌なのは、恥ずかしいと言いながらイザークの愛撫が心地よいと感じている淫らな自分で、本当はもっとたくさん、そして深いところまで触れて欲しいと思ってしまう。

「あ、ん……んぅ、は……あぁ……」

先ほどまでは嫌がる言葉ばかり漏れていたのに、いつの間にか唇から零れる声は吐息交じりの甘いものに変わっている。

クチュクチュと肉襞を舐めしゃぶられたり花芯を舌先で押しつぶされる淫らな行為を受け入れているなんて、自分はどうしてしまったのだろう。

「んぅ……、んぁ、あぁ……ん……」

腰から言葉にできない愉悦が湧き上がってきて、マリアンヌは気づくと背中を大きく反らせ自分から足を大きく開いていた。

「あ、あぁ……イザ、ク……」

媚びるような甘ったるい声で下肢に顔を埋める男を見つめる。手を伸ばして黒髪に触れると、イザークは薄く笑ってわずかに目を細めた。

「清楚で愛らしい笑顔でうちの連中を魅了したあなたが……こんないやらしい身体をしていると知ったら、みんなどう思うかな」

彼の愛撫にすっかり感じ入っていることを見抜かれてしまい恥ずかしい。こんな淫らな自分をイザーク以外の誰かに知られたら、自分はきっとショックで死んでしまう。

「や、そんなこと……」

マリアンヌは泣きそうになりながら首を横に振る。淫らな場所ばかり攻め立てるイザークが悪いのだ。

こんなふうにおかしくなってしまうのは、みんなみんなイザークが悪いのに。

今にも泣き出しそうな顔がおかしかったのか、イザークは手を伸ばしマリアンヌの頬を優しく撫でた。

「もちろん誰にも言わない。俺だけが知っていればいい。あなたは好きなだけ俺の愛撫に溺れていろ」

――愛撫に溺れる。今の自分にあまりにもぴったりな言葉に、胸の中になにかがすとんと収まった。

イザークの熱情の波に飲み込まれてしまいそうで怖かったが、今はこの波に身を任せていいのだ。愛撫に溺れて、彼の想いを全身で感じたい。

「ほら、もうこんなにトロトロになって……いつでも俺を受け入れられそうだ」

イザークのその言葉でより深いところが刺激され、これまで以上に強い痺れがマリアンヌの身体を支配する。

「あああぁ……ん、あ、あ……ン……」

抽挿されていた指の動きが激しくなり、グチュグチュと音を立てて内壁に擦りつけられる指の力が強くなる。舌で転がされていた花芯にむしゃぶりつかれて淫唇ごと強く吸い上げられた。

「あ……ぁ……ンンッ！」

強い刺激に目の前に星が飛び散る。身体の奥で渦巻いていた熱が大きくなって、唇から零れる喘ぎ声も熱く感じられた。

「そんなに感じているのなら、一度達してしまえ」

まだその言葉の意味がわからないマリアンヌがわずかに目を眇める。しかしイザークは言葉で答えずに、行動でその答えを示して見せた。

すっかり感じやすくなった肉粒を器用に唇で挟むと、その場所をチュウッと吸い上げる。そして膣孔を押し広げていた指の動きを激しくした。

「んぁ……ぅ、あ、あ、やぁん……っ」

全身に今まで感じたことのない甘い痺れが駆け抜けて、マリアンヌの身体が大きく戦慄く。もう自分ではどうすることもできなくて、迫りくる愉悦の波に身を任せる。

「あ、あ、あぁっ！」

ビクビクと断続的に身体が痙攣して頭の中が真っ白になる。一瞬気を失ってしまったような気すらして、マリアンヌはイザークに見られていることも忘れて身体を投げ出した。

あとに残されたのは満たされたようなそうでないような、不思議なほろ苦さだった。まだ身体の奥がなにかを欲していて、もっと深いところを満たして欲しいという淫らなことを考えてしまう。

まだ男性との交わりの本質がわかっていないマリアンヌには、この気持ちがなんなのかわからず、ただ快感の余韻を朦朧とした頭で味わっていた。

マリアンヌの隣から身を起こしたイザークが、身に着けていたものを脱ぎ捨てる。甲板での作業中や部屋で着替えをするときに裸の上半身は何度か目にしたが、一糸纏わぬ姿は当然だが初めてだ。

「……っ」

パッと目に飛び込んできた雄竿を見て、マリアンヌは顔を赤らめながら横を向いた。

「怖いか？」

怖くないと言えば嘘になるだろう。お尻や太股でずっと大きさや熱さを感じてドギマギしていたが、実際に目にするとこんな滾（たぎ）った雄を受け入れられるのか不安になる。

マリアンヌが答えられずにいると、抱き寄せられて額に唇を押しつけられた。

「あなたを怖がらせたくないのに、もう……我慢できなさそうだ。すまない」

イザークはそう呟くと、すでに力の抜けたマリアンヌの足の間に身体を割り込ませる。

先ほど目にした雄芯を足の間に押しつけられ、その刺激で口淫で蕩けてしまった蜜口からとろりとした蜜が溢れ出す。

イザークは満足げな笑みを浮かべると、マリアンヌの両脇に手をつき、顔を覗き込みながらさらに熱い塊を擦りつけてきた。

ヌルヌルとした刺激は淫唇を乱して、その奥の肉粒にまで刺激が伝わりマリアンヌの息遣いが再び乱れてくる。

「ん……ふ……ぁ」

「ここか？」

淫唇の奥、先ほどたっぷり愛撫され敏感になった花芯に硬いものを擦りつけられ、お腹の奥が切なくてたまらなくなる。

「んぁ……あ、あぁ……」

「ふ……可愛い声だ。少し……我慢しろよ」

イザークは蜜口に雄の先端を押しつけると浅いところを弄び始める。

丸く膨らんだ先端だけが浅いところで何度も出し入れされて、その弱い刺激がもどかしくてたまらない。もっと奥で、身体の深いところであの熱棒を受け入れたらどうなるのだろう。

「あ……は……ん……ぅ」

マリアンヌが無意識に自分から腰を押しつけると、イザークが小さく笑いながらわずかに腰を引く。

「こら、そんなに動いたら一気に入ってしまうぞ。俺はあなたを傷つけたくないんだ」

こちらは焦らされているような気すらするのに、イザークの我慢できないと言いながら余裕のある態度が気に入らない。彼にもこのもどかしさを味わわせたい。

マリアンヌはなんとか彼を困らせたくて、腕を伸ばしイザークの首を引き寄せる。そして首筋に顔を埋めて、素肌にチュウッと音を立ててキスをした。

「……っ」

イザークが小さく息を飲み、身体をビクリと震わせる。その反応に気をよくしたマリアンヌは彼にされたのと同じように、今度は舌を出して首筋をペロペロと舐めた。

「こら……擽ったいじゃないか……！」

身を起こして離れようとするイザークの首にしがみつき、丁寧に舌を這わせる。

「いい加減にしろ、そんなに俺に虐(いじ)めて欲しいのか」

そう呟いた声が一段低くなったが、素肌を舐めることに夢中のマリアンヌは気づかない。

するとイザークは呆れたようにため息をついた。

「お転婆な子猫にはお仕置きが必要だな」

子猫に例えられたマリアンヌは、初めてイザークが不穏な空気を醸し出していることに気づき顔を上げる。その顔は焦れたような、苛立ったようななんとも言えない表情で、少し怖い。

「ま、待って……あの、ごめんなさ……ひぁぅ」

マリアンヌが謝罪を口にし終えるよりも早く太股に手がかかり、あらがう間もなく、足を大きく開いたはしたない格好にされてしまう。

「あ、あの……」

「あなたが望んだのだから……たっぷり可愛がってやる」

イザークはニヤリと口角を上げると、膣孔の入口を弄んでた先端を先ほどよりも強く押しつけた。クチュリと音を立てて侵入してくる圧迫感にマリアンヌは目を見開く。

「あ……！」

指よりも太く存在感のあるそれは、異物を押し返そうとする膣洞を強引に進む。硬い肉竿は愛蜜で潤った内壁を傷つけることはなかったが、薄い粘膜を引き伸ばすように押し込まれるので、マリアンヌは痛みに顔を歪ませた。

「ん……あ……やぁ……」

ひき裂かれるような痛みに太股が戦慄く。イザークはほっそりとした足を抱えたまま、浅く雄芯を引き抜いたり揺さぶったりしながら隘路を押し広げていく。

「や、や、まっ、て……もう、しない、から……あぁ……っ」

「もう……遅い」

イザークの苦しげな言葉にドキリとした瞬間、肉竿はマリアンヌの蜜壺いっぱいに収められていて、異物でいっぱいになった膣洞から愛蜜が押し出され、接合部分に溢れ出した。

「ひぁ……」

身体の中いっぱいに入ってきたイザークの熱と未熟な隘路を押し開かれた痛みとで、マリアンヌは気づくとグズグズと鼻を鳴らしていた。

その様子を見下ろしたイザークは唇に薄い笑みを浮かべながらマリアンヌの身体を抱きしめた。

「どうした？　もう降参か」

まるで勝負でもしていたような口ぶりだが、これが勝負であったならマリアンヌは最初から負けていたような気がする。

イザークに求められたらあらがえなかったし、少し強引ではあったが最終的にはこうして奥までイザークに満たされたいと思っていたからだ。

「まだ……辛そうだな」

両手を頬に添えられ、顔を覗き込まれる。

「浅はかに俺を煽ったりしなければもう少し優しく抱いてやれたのに」

その口調は気遣うようで、強引に破瓜(はか)させたことを後悔しているようだ。まるで叱られた子犬のような眼差しに、マリアンヌはこんな状況なのにイザークが可愛いと思ってしまう。

いつまでもそんな顔をさせておくのは可哀想だ。まだ雄を受け入れた隘路はずくずくと鈍い疼痛(とうつう)を訴えていたが、マリアンヌは涙目のまま唇で笑みの形を作った。

「大丈夫、よ……そんな顔、しないで」

痛みで力の入った不自然な受け答えに、イザークが苦笑する。

「あなたは負けず嫌いだな。ここで泣いて怒ればもっと優しくできるのに、そんな顔をされたらもっと虐めて泣かせてやりたくなる」

それはどういう意味だろう。その思考が理解できないと問うような眼差しを向けるとイザークがまた微笑んだ。

「あなたは手折られてもしおれずに咲き続ける花だということだ」

やっぱりよくわからない。だがイザークも理解を求めていないのか、キョトンとするマリアンヌの唇にキスを落としながら言った。

「ほら、少し動くから掴まっていろ。俺がどのぐらいあなたを求めていたか教えてやる」

言葉と共に接合部分がゆっくりと押し回されて、マリアンヌは甘い刺激に再び身体を戦慄かせた。

痛いほどいっぱいにされているというのに身体は敏感に反応して、狭い膣洞を収斂させる。イザークはマリアンヌの顔を見つめたまま、少しずつ腰の動きを大きくしていく。

まるでどこを擦り突き上げればマリアンヌが反応するのかひとつひとつ確かめているみたいだ。

「んふ……ぁ……ん、んんっ……」

グチュグチュと淫らな水音をさせながら膣壁を引き伸ばし、マリアンヌの官能を探っていく。

まだ痛みを感じるのに、それよりも肉棒で内壁を擦られる愉悦が勝ってしまい、マリアンヌはイザークの首にしがみつく。

「はぁ……ん、あ、あぁ……」

粘着質な液体がお尻や太股まで濡らし、女の匂いをイザークの身体にこびりつかせていく。イザークはそんなマリアンヌの淫らな様子にさらに雄芯を奥へとねじ込んできた。

「いや……ン……熱、い……っ……」

胎内に穿(うが)たれた雄も、肌に降りかかるイザークが吐いた息も、すべてが熱くてなにも考えられない。

「あなたが……可愛いからこうなるんだ」

イザークが掠れた声で呟き何度も腰を押し回し、太股を揺すり上げる。そのたびに最奥にキュンと痺れが走って、切なくてたまらなくなるのだ。

「あ、や……奥、ぐりぐり……しちゃ……」

「初めてなのに奥で感じるのか？　いやらしいお姫様だ」

より一層腰を押しつけられて、マリアンヌはビクビクとつま先を引きつらせながら首を横に振る。

「や……お姫様なんて……呼ばな……で……」

どうしてそんなことを言うのだろう。彼はマリアンヌがヴェルネの王女であることを知らないのだから、ただの睦言だ。そうわかっていても、今はヴェルネの王女であることは思い出したくない。ただのマリアンヌとしてイザークの腕の中にいたかった。

するとイザークはマリアンヌの耳に唇を寄せて囁いた。

「可愛いマリー……俺のためにもう少しだけ頑張ってくれ」

――可愛いマリー。イザークがそんな呼び方をすると思わなかったのでドキリとして身体が震える。同時に下肢にキュンとした甘い痺れが走り抜け、無意識に膣壁が雄を締めつけてしまう。

「……く……っ」

耳元でイザークが苦しげに息を詰める。

「可愛いと言われて感じたのか？　急にきつくなったぞ」

「ちが……」

「違わない。あなたは俺に可愛いと言われると嬉しいんだ」

そう言い切られて、マリアンヌは素直に頷いてしまった。

イザークにこうやってからかわれたり、甘やかされたりするのが好きだ。

両親も王宮の人々もマリアンヌを甘やかし可愛がってくれたが、イザークに可愛いと言われると自分が彼だけの小さな女の子になって、大切に守られているような気持ちになる。

「……すき」

「うん？」

マリアンヌの小さな呟きにイザークが耳を傾ける。

「すき……だから、もっと言って、欲しい……」

「ああ、あなたが望むならいくらでも言ってやろう」

イザークは唇に甘い笑みを浮かべると、優しくマリアンヌに口づける。それから額と額を合わせるようにして、マリアンヌの瞳を覗き込んだ。

「可愛い、俺の、マリー」

イザークが一語一語区切るように囁いた。

「……っ！」

そう耳にしただけで全身に甘い痺れが駆け抜ける。まるで魔法の言葉だ。

「可愛い。可愛すぎて……もう他の男の目に触れさせたくない」

イザークは何度も耳元で囁きながら、再び律動を始める。先ほどよりもさらに潤った膣洞はイザークが動くたびにグチュグチュと淫らな音と共に愛蜜を溢れさせた。

「んぁ……っ、あ、あ、あぁ……」

イザークの熱塊も硬く滾り、マリアンヌの胎内で一際大きく怒張する。

片足が抱え上げられ、さらに最奥を抉るように律動が深く、激しく繰り返されマリアンヌは甘い声を漏らす。

「んぁ……っ、あ、あ……んんぅ！」

強く腰を押しつけられると淫唇の奥の花芯まで押しつぶされ、目の前に白い星が飛び散った。

太い雄芯で濡れ襞が引き伸ばされ、それに抵抗するように膣洞はうねりながらキュウキュウと肉棒を締めつける。

「あ、あぁ……だ、め……なにか……あぁ……っ」

身体の奥からあらがえない衝動が湧き上がってきて無意識に身体を捩る。するとイザークは逃げられないようになのか、もう一方の足も抱え上げ、お尻が浮き上がってしまうほど強く身体に押しつけられてしまう。

「ひ、ん……あぁっ」

今までにないぐらいの深い繋がりにマリアンヌの唇から悲鳴が漏れる。イザークはその反応すら味わうように、グチュグチュと淫らな音をたてて未熟な膣洞を犯していく。

腰を振るたびにぱんぱんと素肌のぶつかり合う音が響いて、まるで罰を与えられているような気分になる。

「あ、あ、あぁ……や、ん……もっと、ゆっくり……はぁっ」

「ゆっくりしてやりたかったのに俺を煽っているのはあなただ」

一際深いところで腰を押し回されて、シーツの上でマリアンヌの華奢な身体がのたうつ。

「ひぁぅ……ん、んんぅ……やぁ……しらな……んんっ！」

「そう言いながらこんなに俺を締めつけて……はぁっ、……くそっ！　止まらない……っ」

太い肉棒を根元までねじ込まれ、それをギリギリまで引き抜かれる。そしてまた仰け反るほど深くまで押し戻される行為を繰り返され、全身が愉悦に支配されていく。

「はぁ……あ、あ……ン、ふ……あぁあっ！」

浮き上がった腰を抱え込まれてさらに速くなっていく律動にもうなにも考えられない。

マリアンヌの身体はビクビクと引きつり、蜜孔を押し開いていた肉棒を強く締めつける。

身体が大きく戦慄いて、膣肉はすべてを搾り取るように雄芯に絡みついた。

「あ、あぁ、ああぁっ！」

背を大きく反らせ、自分から腰を押しつける。イザークの体軀がマリアンヌを押しつぶすようにのしかかってきて、ビクビクと痙攣する身体を押さえ付ける。

「んんぅ……あ、はぁ……っ、はぁ……ン……」

まだガクガクと身体を震わせるマリアンヌの胎内に一息遅れてイザークが熱い飛沫を飛び散らせる。身体に注ぎ込まれる熱い迸りを感じながら、マリアンヌはぐったりと四肢を投げ出していた。

身体からなにをする気力も体力もなくなるというのはこういうことなのかもしれないと思いながら、荒い呼吸を繰り返す。

うっすらと目を開けるとイザークがいつの間にか床に落とされていた毛布を拾い上げ、マリアンヌの身体と自分の身体を包みこんだ。

「寒くないか？　あなたは長い時間雨に打たれていたのに……これでは風邪をひかせてしまうな」

さらに強く胸の中に引き寄せられて、その体温にうっとりとしながら目を瞑る。

裸のまま抱かれて眠るなんてはしたないとわかっていたが、脱力感と共に強い眠気が襲ってきて我慢できない。

「あ……」

なにが言いたいのかわからないのにわずかに瞼をもたげ見上げると、大きな手が背中を撫で下ろす。

「まだ夜明けまでは時間がある。少し眠れ」

「ん」

微かに頷いて再び目を閉じる。

これからふたりの関係がどうなるのか、本当の名前のこと、ヴェルネの王女であること。あれこれが断片的に頭の中を巡るが、すぐになにも考えられなくなる。

マリアンヌはイザークの広い胸に頬を押しつけて、小さく寝息を立て始めた。

8

目覚めたとき、イザークの姿はすでになかった。ひとりにされたことに少し寂しさを感じたが、嵐のあとだし、船の被害がないか見回りに出かけたのだろうと自分を納得させた。

昨夜イザークに抱かれ腕の中で眠りについたが、うとうとしながら何度も髪を撫でられたり口づけられた記憶がある。もしそれが夢でないのなら、イザークはほとんど眠っていないのではないだろうか。

掃除ぐらいならマリアンヌにも手伝うことができる。そう思いパッと起き上がったが、毛布の下は裸で誰も見ていないというのに慌てて身体を隠した。

部屋の中を見回すと、椅子に干したシュミーズは乾いているが生地の分厚いドレスはやはりまだ濡れている。マリアンヌは仕方なくシュミーズを身に着けてからイザークが用意してくれた男物の服を身に着けた。

ズボンをハイウエスト気味に穿き、大きなシャツの上から腰にサッシュを結べばそれらしく見える。ズボンなど生まれて初めてだが、動きやすいことこの上ないのに驚いた。次の近衛隊の鍛錬に参加するときは父にズボンを許してもらえるか聞いてみよう。

マリアンヌが部屋を出て行くと、意外なことに船員たちはみんなすでに立ち働いていて、マリアンヌが一番遅かったらしい。

しかもあとで聞いたところによると、みんな眠っているマリアンヌに気を遣ってイザークの部屋の前を通るときは静かにしてくれていたそうで、どうりで目が覚めなかったはずだ。

普段なら普通に歩いてもドタバタと大きな足音を立てて歩くような人たちだから、相当気をつけてくれたのだろう。そのおかげでぐっすりと眠ることができてマリアンヌは感謝しかない。

「遅くなってごめんなさい」

「なに言ってんすか！　お嬢は昨日大活躍だったんですから」

「そうそう。若も疲れているから寝かせておけって言ってたし、なんなら今日はもう休みにしちまえばいいよ」

「お嬢のおかげで甲板積みにしてあった荷は全部無事だったんだ。胸を張っていいぞ！」

年輩の船員に肩を叩かれ、みんなも口々に優しい言葉をかけてくれる。

あの時人を呼びに行くという当たり前のことが頭に浮かばなかっただけなのに、感謝を向けられるのは恥ずかしくてたまらなかった。

「マリー⁉　もう体調は大丈夫なのか？」

ラウが驚いた顔で駆け寄ってくる。

「ありがとう。もう大丈夫よ。もしかして心配してくれていたの？」

「当たり前だろ！　俺が駆けつけたときにはもうマリーはぐったりしてて、若に運ばれているときも顔なんか真っ白でさ……死んじゃうんじゃないかって」

「心配させてごめんなさい。みんなが貴重なお湯を届けてくれたおかげですぐに元気になれたわ」

「若なんてすごい剣幕(けんまく)でさ、俺、もうだめかと思った」

確かにあの時は寒さと疲れで気を失いそうだった。今思い出してもイザークが来てくれなければどうなっていたかわからないとゾッとする。

「それにしても、そういう格好も似合うじゃん」

ラウが借り着をしたマリアンヌを物珍しげに見つめた。

「そう？　ズボンを穿くなんて生まれて初めてだけど、似合うかどうかは別にしてとても動きやすいのよ」

「へえ。エーヴェでは女でもズボンを穿く人はいるぜ。まあ軍人とか馬に乗るとか特殊なときだけだけどね」

「まあ、女性の軍人がいるの？　素敵だわ」

近衛隊の鍛錬に顔を出しているマリアンヌとしては興味深い。もしヴェルネでそれが許されるのなら、自分は間違いなく軍人の道を選んだのに。

「マリーには向いてないよ。俺。あんたを初めて見たとき、どこのお姫様だろうって思ったんだから」

昨夜イザークにも囁かれた〝お姫様〟という言葉にドキリとする。そういう意味ではないとわかっているのに、後ろめたいことがあるとつい反応してしまうのだ。

「……ま、まあ……それって褒め言葉よね。嬉しいわ」

ラウの第一印象は的確で間違ってはいないので、一瞬返事につまり曖昧な笑みを浮かべて誤魔化(ごまか)した。

ふといつまでこうして嘘をつき続けなければいけないのかと不安になる。

イザークは信用できる人だ。本当のことを話したら、きっと力になってくれる気がする。家族やディオン以外で、こんなにも信用できる人はイザークが初めてだ。

いっそ彼に秘密を話してみようか。マリアンヌはそこまで考えて我に返る。

イザークはマリアンヌが王女だとは知らないから、恋人としての関係を結んでくれたのかもしれない。貴族の娘と商人なら組み合わせとして珍しくてもありえないわけではない。

彼は裕福な商人の息子のようだし、貴族側も親が認めれば庶民との結婚も十分ありえる。

しかし王族となると違う。イザークがそれでもいいと言ってくれても、父が、国が結婚を許さないだろう。

「……」

思い立つとすぐに行動に移すところを、ディオンには向こう見ずとかよく考えろとか散々言われたけれど、今もまさにその状態だ。

ただイザークが好きだという感情で身を任せてしまったけれど、それはヴェルネの王女としては軽はずみな行為だと怒られてもいいわけのしようがない。

もちろんイザークが好きだという気持ちは今も変わらない。それどころかその気持ちは刻刻と強く大きくなっている気がする。でも自分のような身分の人間は感情に任せて軽々しく行動してはいけなかったのだ。

子どもの頃から散々そのことを言いきかされてきたのに、いざ恋という感情を知ってしまったら、そんなことなどすっかり頭の中から消え去っていた。

今だってすぐにでもイザークの顔が見たくてたまらないのだ。するとまるでマリアンヌの考えを読んだようなタイミングでラウが言った。

「そうだ。若がマリーの目が覚めたら操舵室に来るようにって言ってたんだ」

「え？」

「ごめんごめん。マリーの元気そうな顔を見たら嬉しくてすっかり忘れちゃってさ」

悪びれもせずあははっと笑うラウにお礼を言うと、マリアンヌはサッと身を翻した。

操舵室は昨夜より人数が減り、みんな操舵輪のそばに立ったり、進行方向に双眼鏡を向けたりと昨夜とは打って変わって穏やかな雰囲気だ。

「イザーク？　いい？」

マリアンヌが扉の隙間から顔を出すと、ちょうど地図を覗き込んでいたイザークが顔を上げた。

「マリー、起きたのか。入ってこい」

手招きをされていそいそと部屋の中へすべり込む。

「なにか食べたのか？　体調は？」

他の船員に尋ねるときのような事務的な問いに、先ほどまで高まっていた気持ちがしおしおと萎んでいく。

昨夜はあんなに甘い言葉を囁き感情を露わにしてくれたのに、今は引き締まった横顔からその名残も見つけられなかった。

もしかして恋をしているのは自分だけなのだろうか。そう思った瞬間、ひとりぽつんとその場に取り残されたような気持ちになる。

しかし彼にとってここは仕事場なのだから、マリアンヌだけを特別扱いすることはできないのだと思い直す。少し考えればわかるようなことなのに、すっかりイザークに心を奪われているせいで、そんな当たり前のこともわからなくなってしまっていた。

「……」

「……どうした？」

なにも答えないマリアンヌを不審に思ったのか、イザークが手を伸ばしマリアンヌの頬に触れる。思いがけず触れられたことにビクリと身体を震わせると、イザークも驚いたように手を引いた。

「……」

「……」

お互い探り合うような視線を交わし、先に我慢ができなくなったのはマリアンヌだった。

「ええと……積み荷は全部無事だったの？　雨に濡れてしまったんじゃなくて？」

いつもの調子で話せているだろうか。マリアンヌはぎこちないながらも唇に笑みを浮かべた。

「あ、ああ……いつもなら甲板に荷を置くことはほとんどないんだが、今回は思いがけない嵐で危ないところだった。実は、あれはエーヴェでは作っていない農機具なんだ。今回持ち帰る予定に入っていなかったんだが、先方が別の船との取引が上手くいかず引取先を探していると耳にしてうちが買い取ることになった。あなたが頑張ってくれなければ大損をするところだった」

そんな大切なものが雨ざらしになったのかと心配になったが、あの木箱は蠟(ろう)などを使って特殊な加工がされており、湿気や水に強いとあとでラウが教えてくれた。

「俺が欲を出して予定外のものを仕入れなければ、あなたをこんなことに巻きこまずにすんだんだ。本当に申し訳ないことをしたと思っている」

「そんな……」

「でもこの機具のおかげで助かる人がたくさんいる。あなたのおかげだとみんな感謝するだろう」

甲板にいた船員たちのように褒められて、嬉しいのに少しがっかりしている自分がいる。昨夜積み荷よりもマリアンヌの身体を心配してくれたのも彼なのに、褒められても昨夜のようには喜べない。

怒鳴られたときの方がよほど彼の気持ちが感じられたと思ってしまう。

「やめて。本当にそんなつもりなどなかったの。だって中身も知らなかったのよ？　あれがもし酒樽(さかだる)だったとしても同じことをしたと思うし……」

そう自分には中身など関係なかったのかもしれない。イザークのためになにかしたかっただけなのだから。

昨夜は積み荷を待っている人たちのためだと言ったが、本当はイザークさえ喜べばなんでもよかったのだ。

「確かに酒樽だったらもっと感謝されたかもしれないな」

イザークの言葉に操舵室にいた男たちも声をあげて笑うことで同意を示したが、マリアンヌは気づいてしまった利己主義の自分が怖くて、笑い声に唇だけ笑みを作って答えることしかできなかった。

＊＊＊　＊＊＊　＊＊＊

イザークの説明では、船は昨夜の嵐で前主帆、つまり追い風を受ける横帆の調子が悪くなっていたが、この先は追い風頼りの航海ではないからなんとか予定通り船を進められるとのことだった。

マリーはその説明にホッとしつつも、この船旅に終わりが近づいていることにがっかりしていた。

最初は早くヴェルネに戻りたいと思っていたのに、国王の娘という立場ではないこの生活がずっと続けばいいのにと思い始めていて、それは少しでも長くイザークと一緒にいたいという理由からだった。

気づいたばかりのイザークへの気持ち、彼の気を惹くためなら他の人を利用してもいいと思っている自分もいて、この感情が落ち着くまではもう少し彼と旅をしていたかった。

「こんなに水がいっぱいあるのに飲めないなんて不便ね」

イザークに誘われ甲板に出たマリアンヌは、見渡す限りの大海原に向かって言った。

「なんだ、もしかして昨夜の湯のことをまだ気にしているのか？」

「だって……もったいないじゃない。それこそ身体を温めるだけなら海水でよかったんじゃないの？」

「馬鹿だな。海の水で身体を洗ったら、身体は温まるかもしれないがベトベトになって不快なだけだ。髪だってひどいことになるぞ」

　言われてみれば潮風を浴びているだけでも肌や髪がべたつく。船に乗り込んでからは初めてたっぷりの湯で身体を洗ったせいか、今朝は髪がサラサラだったことを思い出した。

「じゃあ海の水はなんの役にも立たないのね」

「そうでもないさ」

　マリアンヌの言葉にイザークは笑って首を横に振る。

「どうしても海水から水を作りたいというなら、海水を熱して水蒸気を集めればいい。それが冷めれば真水になるぞ。ただ手間も時間もかかるから誰もやらないだけだ」

　確かに水を蒸発させるのには時間がかかる。船上でそんなことに時間を使うなら、他にも仕事は山ほどあるということをマリアンヌはすでに知っていた。

「それにあなたは役に立たないと思っているようだが、海水は塩の原料であることを忘れるな」

「え？」

思わず問い返すマリアンヌを見て、イザークは信じられないという顔になる。

「塩は海水を蒸発させたあとに残る結晶のことだ。取り出す方法は色々あるが、それこそ長時間沸騰させて結晶化させる方法もある。俺の国で一般的なのは塩田だ」

「塩田って……塩の畑？」

畑でどうやって塩を栽培するのだろう。結晶化させるという話から、植物ではないと思っていたのだが。

思わず首を傾げたマリアンヌを見てイザークがクックッと喉を鳴らす。

「塩田と言っても種を撒くわけじゃないぞ？ 塩水を結晶化させる場所を畑に例えてそう呼んでいるだけだ。昔は海から汲み上げたものをそのまま砂地に撒いていたが、今は釜屋である程度煮詰めて濃度が高くなったものを撒くんだ。おかげで結晶化の時間も短縮される上に綺麗な塩を作ることができるようになった。俺の国では塩作りは好天が続く春先から夏の間に行うんだが、作業が続くと少しずつ塩が結晶化していき、そこかしこがすべて真っ白になる。まるで海岸に雪野原ができたみたいになって綺麗だぞ。今度見せてやろう。きっとあなたも気に入るはずだ」

まるでその景色が目の前に広がっているかのように話すイザークは嬉しそうだ。それは自分の国を誇りに思っている顔だった。

「それにしてもエーヴェの塩と言えば外国でもそこそこいい値で取引されるのだが、あなたの国ではそんなに有名ではないようだな」

「ええと、それは」

知らなかったのは確かだが、それはマリアンヌが料理をしたことがほとんどないからだ。そんなにも有名なら、きっと王宮で食卓に上る料理にはエーヴェの塩が使われたこともあるのだろう。

「ご、ごめんなさい……」

しゅんと俯くマリアンヌの頭を、イザークがポンポンと叩く。

「あなたは箱入り娘のようだから、知らなくても仕方がない。それに今知ったのだからいいだろう」

「ええ」

やはりこの人にどうしようもないほど惹かれてしまっている。この優しい人を自分のことで悩ませたくはない。

最初からイザークと結ばれないことはわかっていたはずだ。最初の予定通りヴェルネに戻って、いずれは父が決めた人と結婚をする。それが王族としての務めだ。

――ずっと一緒にいられればよかったのに。

マリアンヌはたった今決めたばかりの自分の気持ちに、泣き出したい気持ちになる。

このまま一緒にいられないのなら、お互いのためにもマリアンヌの方から早く姿を消した方がいい。イザークだって数日一緒に過ごした女のことなど、しばらくすれば忘れてしまうだろう。

彼に忘れられると思うとまた切ないが、結ばれてはいけない人と関係を結んでしまった自分への罰だ。きっと彼の気持ちを傷つける自分はもっと苦しまなければいけないのだ。

船がエーヴェについたら彼の前から姿を消そうと心に決める。ラウの話では、エーヴェもヴェルネに引けを取らないほど大きな港があり、活気があるそうだ。

入港すれば積み荷を降ろす作業で人の出入りも増えるだろうから、その隙に人混みに紛れて身を隠し、帰りの船を見つけて乗せてもらえるように交渉しよう。イザークのおかげで船の仕事も覚えたし、ヴェルネについたらお金を支払うと言えばなんとかできそうな気がする。

「この分なら明日の午後にはエーヴェの港に到着する。俺の仕事が済んだらあなたをヴェルネまで送っていくから楽しみにしていろ」

「……ええ。ありがとう」

考えていたことを見透かされていたみたいでドキリとしたが、マリアンヌは無邪気を装って笑顔で頷いた。

船はイザークの予想通り翌日のお昼頃、エーヴェの港へと入港した。

朝目覚めたときには遠くにぼんやりと見えていたものが、近づくにつれて次第に街の形として景色の中に浮かび上がってくる。ここ数日海ばかり目にしていたマリアンヌには新鮮だったし、なにより船員たちの昂奮ぶりがすごかった。

聞けばヴェルネとエーヴェの往復でひと月弱。ヴェルネ滞在の時間も含めれば二ヶ月近く国から離れていたので、みんな家族や恋人に会えるのを楽しみにしていたそうだ。

自分もヴェルネに戻ったとき、こんな気持ちになれるのだろうか。それともまだイザークを恋しがって心を痛めているのだろうか。

こちらから陸が見えていたように陸からも船が見えていたわけで、入港も間近というところまで来たときどこからともなく音楽と人々の歓声が聞こえてきた。

どうやら音楽は船の無事を祝っているようで、港は出迎えの人々で溢れている。

マリアンヌは初めて見る異国の景色に目を奪われ、身を隠すことも忘れて港に向かって手を振る船員たちの後ろから顔を覗かせる。

やがて遠目からでも桟橋に集まっている人々の姿がはっきりしてきて、その服装がヴェルネとそう変わらないことにホッとして乾いたばかりのドレスを見下ろした。

確かエーヴェの気候は温暖で、冬でもマントがいらないほどだと地理の授業で聞いたことがある。ヴェルネは山岳部になれば雪も降るので、王宮でも真冬は暖炉に火を入れるし、外出をするのなら温かなマントが必要だ。

授業でそう聞かされたときはいまいち想像ができず、ヴェルネのこと、自分の身の回りのことにしか興味がなかったのが今は恥ずかしい。

もっとエーヴェのことをイザークの口からも聞いておけばよかった。これだけの人混みならこのまま姿を消せるかもしれないが、その前にもう一度だけイザークの顔を見ておきたい。

しかし見回した限りイザークの姿はなく、操舵室にいるのだと諦めた。それにしてもこの盛り上がりは異常だ。ひとつの貿易船が戻ったぐらいでこんな騒ぎになるなんて、お国柄なのだろうか。

マリアンヌは戦争を知らないが、凱旋（がいせん）と例えるのが相応（ふさわ）しい盛り上がりで、まさにお祭り騒ぎと言ってもいいぐらいだ。もしかして本当に祭りでもあるのだろうか。そう思っているうちに船が着岸し渡り板が渡される。

ヴェルネで船に忍び込んだときのような簡易的な通路ではなく、岸から階段状の強固なものが取りつけられ、これなら荷物を降ろすための人足が乗り降りしやすそうだ。

船員たちに紛れて陸に降りようと、階段の前に集まる船員の最後尾に回ったときだった。

突然身体がふわりと持ち上がり、驚いて身を捩るといつの間にかそばに来ていたイザークに背後から抱きあげられていた。

「イ、イザーク⁉」

まさか逃げようとしていることに気づかれていたのだろうか。

とっさにいいわけも思い浮かばず驚いているだけのマリアンヌを抱きあげたまま、イザークは階段を半ばまで下り立ち止まった。

とたんに桟橋に集まった人々からさらに大きな歓声が上がったが、マリアンヌにはなにが起きているのかわからず、頭の中が真っ白になる。

この人は何者だろう？　ただの裕福な商人の息子ではないのだろうか？

初めて自分が、彼が本当は何者なのか知らなかったことに気づく。雰囲気や口調から勝手に商人の放蕩息子だろうと思い込んでいたが、彼の口からそれをはっきりと告げられたことはなかった。

「イザーク、あなた……」

口を開きかけたマリアンヌの耳に、信じられない言葉が飛び込んできた。

「イザーク王子！　おかえりなさいませ‼」

わあわあと上がる歓声の中でその言葉だけがはっきりとマリアンヌの耳に残る。

改めて耳をそばだてると、人々が口々に叫んでいるのはイザークの名前で、その合間に〝王子〟という言葉が聞こえる。

自分の想像が間違いでなければ、彼はこのエーヴェの王子だと言うことになる。そしてそれを裏付けるように、イザークは集まった人々に向かって笑顔で手を振った。

「……」

マリアンヌが身分を偽っているように彼もそうだとは考えなかった自分の短慮さが恨めしい。しかしなぜ今彼が自分を抱きあげているのか、その理由がわからなかった。

そしてイザークはそれに応えるかのように口を開く。

「みんな、出迎えご苦労。土産はたくさんあるが今日はみんなに嬉しい知らせだ。俺の花嫁を連れて帰ってきた！」

そのとたん、桟橋の声がピタリとやむ。一瞬静まりかえった次の瞬間「うぉーーーーっ‼」と地鳴りにも似た歓声が沸き起こった。

まさか彼は自分を花嫁と紹介しようとしているのだろうか。もちろん軽い気持ちで彼と心を結んだわけではない。しかし彼はこちらをただの貴族の娘だと思っているのだ。

もし彼と婚姻関係を結ぶのなら国同士の問題で、この場で簡単に発表されては困る。一度一貴族の娘として紹介されたら、たやすく正すことはできなくなってしまう。

歓声が鳴り止むのを待つ余裕の態度は、彼がこの国の王子であるという確かな証拠だ。

「イザーク、待って……！」

とにかくそのことを伝えようとイザークの言葉を遮ろうとしたが、それよりも一呼吸早くイザークが言葉を発してしまった。

「ヴェルネの王女、マリアンヌ殿だ」

「……ッ‼」

　再び歓声が上がったが、マリアンヌはショックで言葉もない。

　いきなり花嫁として紹介されたのも驚いたが、マリアンヌがヴェルネの王女であること、そして本当の名前を知っていたことの方が衝撃だったからだ。

　いつから？　彼はいつから自分がヴェルネの王女だと気づいていたのだろう。

　イザークはショックのあまり口のきけないマリアンヌを抱いたまま階段を下り、出迎えの馬車へと乗り込んだ。

　やっと言葉を発することができたのは、相変わらずの歓声の中馬車が動き出したときだった。

「……どうして？　どうして私の名前を……」

　他にも言いたいことはたくさんあったが、最初に出てきたのはその問いだった。

「元々俺は王太子任命式に父の名代で出席するためにヴェルネに行ったんだ。商売はそのついでだ。これでも一国の代表だから式典やら夜会やらに満遍なく引っぱり出されて、そこであなたを……というか、あなたたち双子を何度も見かけた」

「……式典に出席していたの？」

　マリアンヌは新たな驚きに目を見開いた。

　確かにたくさんの国の代表が賓客として招かれていたがほとんどが初対面で、一度にこんなにもたくさんの人と挨拶をしたらあとで顔と名前が一致しないとミレイユと笑ったのだが、彼とは言葉を交わした記憶がない。

　ミレイユと違い嫁ぎ先が決まっていないマリアンヌは各国の王子たちの注目の的で、ミレイユよりも多くの人を紹介されたが、一度でも言葉を交わしたのならさすがに国名か名前ぐらいは記憶に残っているはずだ。ましてやイザークのような容姿の整った男性なら印象に残らないはずがない。

「私……あなたとお話をした記憶がないのだけれど」

　この場にミレイユがいればすぐに確認できるのに。彼女は記憶力が抜群で、同じ授業を受けていてもマリアンヌが二度、三度説明されてやっと理解できるものをするりと飲み込んでしまう頭脳の持ち主だ。

　女性が賢いのはあまり好まれないと言われ人前でそれをひけらかすことをしないので、ごくごく一部の人しか知らないが、身体を動かす方が得意なマリアンヌはうらやんだものだ。

「ああ、あなたたち姉妹とは一度も話していないから覚えていなくてもおかしくない。姉君の隣にはアマーティの王子が寄り添っていたし、あなたの前にはたくさんの王子たちが列を成していたからな」

　暗に花婿候補のことを揶揄されたようで、マリアンヌは恥ずかしさに赤くなる。別に自分から男性にすり寄っていたわけではないが、知らないところで見られていたというのが恥ずかしいのだ。

「でも他の男たちと同じようにあなたの美しさには見蕩れていたぞ？」

からかうような口調でニヤリと笑われ、マリアンヌはさらに頬が熱くなるのを感じた。

「だからいきなり密航者騒ぎであなたが騒動の中心にいたときは驚いた。最初は夢でもみているのかと思ったが、その見事な金髪と瞳の色は間違いようがないからな」

イザークは手を伸ばしマリアンヌの髪に触れた。

「じゃあ……じゃあ最初から私が王女だと気づいていたのね？」

「ああ。でもどうもあなたは身分を隠したいように見えたから、事情がわかるまでは黙っておくことにしたんだ」

つまりは最初からイザークの手のひらの上で踊らされていたようなものだ。まあこちらだって、最初は大商人の放蕩息子を上手く利用してヴェルネまで帰れるよう協力してもらおうと思っていたのだから、お互い様の部分もある。

それでもやはり、もっと早く種明かししてくれてもよかったのにと思ってしまうのは仕方がないだろう。

「どうせ私がみんなに色々教わったり、慣れない仕事でまごついているのを見て面白がっていたのでしょう？　悪趣味だわ」

唇をへの字にして睨みつけたが、イザークはなんでもないという顔で小さく肩を竦めて見せた。

「考えてもみろ。遠くから見ることしかできなかった高嶺の花が目の前に現れて、いきなり実はあなたを知っていますなどと親しげにするなどできないだろう？」

本当はそんなことなど思っていないくせに大袈裟に言っているだけだ。

「それに慣れない船上生活に戸惑っているあなたに負担をかけたくなかったんだ。きっと俺が最初にあなたの身分をみんなに明かしてしまったら、やりにくかったと思うぞ？」

「それはそうだけど……」

「だから本当は船の上であなたに触れるつもりはなかったんだ。あなたは身分を隠したいようだったし、その方が船員たちともやりやすいだろうから、きちんと時間をかけてあなたと知り合うつもりだった」

「……」

「俺の計画ではあなたを無事にヴェルネまで送り届けてからお父上に結婚の承諾をもらい、それからあなたに申し込むつもりだった。だが……あの嵐の夜に計画はすべて台無しになった」

口調はがっかりしていたが、その唇には悪戯っぽい笑みが浮かんでいる。

「……私と結婚したいって本当に思ってるの？　えーと……嵐の夜の責任をとろうとして

いるんじゃなくて？」

実はさっき電撃的に身分を明かされたとき、そのことが脳裏を掠めたのだ。

うっかり王女を抱いてしまった責任をとるためにそう告げたのではないかと思って、彼の本音を確かめるのが怖かった。

不安そうな顔をしていたのだろう。イザークは手を伸ばし、大きな手のひらでマリアンヌの頰を覆う。そしてその手でゆっくりと頰を撫でる。

「予定より少し早くなってしまったが、結局はあなたを手に入れられたから俺にとってはあの嵐に感謝だな」

つまり後悔はしていないと思っていいのだろうか。

「あなたは？　まさか軽い気持ちで俺に抱かれたなんて言わないよな？」

突然強い口調で問い糺されドキリとする。

「わ、私は……」

「私は？」

ずいっと身を乗り出して顔を覗き込まれて、急に頭に血が上ってくる。マリアンヌは見つめられていることが恥ずかしくてプイッと顔を背ける。

「そんなこと聞かないで……っ！」

「どうした？　そんなに顔を赤くして」

からかうような声音と嚙み殺すような笑い声。すっかりイザークの優位になっていて、これ以上なにを言っても勝ち目がなさそうだ。

「それにしても……あなたこそ、もっと抵抗して大騒ぎすると思ったがあっさり受け入れたな」

「なんのこと？」

「さっき俺が迎えの者たちにあなたを紹介したときだ。一発ぐらい殴られるか、あの場で騙されたと騒いで恥をかかされるかと思っていたが」

まるでそうされることを望んでいたような口調に、マリアンヌは思いきり顔を顰めて見せた。

「あの場で騒いだとしても、あの歓声では聞こえなかったわ。それも計算済みだったくせに。それより……こんなみすぼらしい格好であなたの国の人々の前に出なければならなかったことの方が悔しいのだけれど」

マリアンヌは唇を尖らせてお忍びのために王宮の侍女から借りだしてきたドレスを見下ろした。船の上で数日過ごした上に嵐でびしょ濡れになったおかげで皺だらけなのだ。

普通に過ごすなら十分だが、王女と紹介されるのならそれなりの身なりをしたかったと言うのが女心だろう。

「そんなことを気にせずとも、みんなあなたの美しさに見蕩れていた」

「もう！　そうじゃないんだってば」

思わず乱暴な言葉遣いになってしまったが、船上でも散々話しているから今さらだろう。

「そんなに気になるのならヴェルネに出立するときはあなたに似合うドレスを用意すると約束しよう。みんな盛大に見送りに集まってくるはずだからな」

「……」

なんとなく丸め込まれている。

マリアンヌは子どものようにぷうっと頬を膨らませた。

「なんだ、その顔は」

「だって……私、あなたと結婚することになっていない？」

「それはさっきも尋ねたはずだ。そのつもりがあるから俺に抱かれたのだろう？」

マリアンヌが断るはずがないという自信たっぷりの態度に苛立ってしまう。

「……だから！　そういうことはいちいち聞くことじゃないの！　もう！　デリカシーのない人ね！」

勢い余ってイザークの膝を叩くと、すかさずその手を摑まれて、乱暴に引き寄せられてしまった。

「あ……っ」

片手で腕の中に抱き取られ、覆い被さるようにして顔を覗き込まれる。

「俺と結婚すると言えよ」

「……っ」

今にも口づけられそうな距離に顔を近づけられて、急に息苦しくなる。

イザークのことは好きだ。結婚するのは彼しかいないと思うけれど、ここで素直に頷くのは彼の思い通りになってしまうようで悔しい。

「言えないのか？」

言えないのではなくて言いたくないのだ。マリアンヌが我慢できずにプイッと顔を背けたときだった。

馬車が緩やかに停車して、外から扉を叩く音が響く。

「……っ」

人の気配に肩をビクリと震わせるマリアンヌを見て、イザークが仕方なさそうにため息をついた。

「仕方ない。返事は待ってやる」

そう言って大きな手でマリアンヌの頭を撫でると先に立って馬車を降り、今度はマリアンヌに向かって手を伸ばし馬車から抱き下ろしてくれた。

軽々と、まるで子どもにでもするように一度高々と持ち上げられ、身体がふわりと宙に浮かぶ。それからまるで壊れ物でも扱うようにそっと地面に下ろされた。

「どういたしまして。マリー。ようこそ、エーヴェへ」
「あ、ありがとう」

イザークの言葉に視線をあげると、そこには白い石造りの建物が広がっていた。

美しいそれは大理石で、ヴェルネでは輝く白い石とも呼ばれる貴重なものだ。謁見の間の床や一部の調度類に使われているが、柱や壁にふんだんに使われているのを見るのは初めてで、まるで物語の挿絵に出てくる神殿のように見える。

マリアンヌが両手を伸ばしてもまだ余るほど太い柱は天井と床に接する根元の部分に精巧な彫刻が施されていて、白い床のマーブル模様は天然ものだというのに意匠を凝らした絵画のように美しい。

国の顔となる王宮にこれだけふんだんに使うことができるのは、大理石の産出国であると共にエーヴェが豊かな国である証だった。

ヴェルネは貿易を司る国と言っても産業や資源がほとんどない。そのため穀物などの食品を除き、ほとんどが外国からの輸入品に頼っている。

国の財源のことはよくわからないけれど、ひとたび国同士の諍いや戦争が起き各国の輸出入が滞れば、ヴェルネは簡単に衰退してしまうだろう。それに比べてエーヴェは品質のよい塩や大理石の資源が豊富で、マリアンヌはこれが本当に豊かな国なのかもしれないと思った。

「素敵な建物ね」

感嘆のあまりため息交じりに呟くと、イザークの顔が嬉しそうにほころぶ。彼もこの国の豊かさを誇りに思っているのだろう。

「あなたには出立の準備が整うまでの間ここに滞在してもらう。侍女をつけるから必要なものがあればなんでも言い付ければいい」

イザークはそこで言葉を切ると、スッと身を屈(かが)めてマリアンヌの耳に唇を近づける。

「着替えや入浴の手伝いなら俺が喜んで引き受けるぞ」

「……っ！」

まるで耳に息を吹き込むように囁くと、マリアンヌがビクリと肩を震わせるのを横目に素早く身体を離す。

「積み荷を降ろしたあと食料やら水の積み込みになるから出発までは一週間ほどかかる。それまでは王宮で寛(くつろ)いでくれ。俺はこれから父に挨拶だ。どうせもうさっきの港での宣言が耳に届いていて、早く説明しろとやきもきしているはずだからな」

そう言うと、イザークはもう一度身を屈めてマリアンヌの唇にそっと口づけた。

「いい子にしていろ」

大きな手でマリアンヌの頭を撫でてから去っていく後ろ姿をぼーっと見送ってしまう。

本当にあの人と結婚できるのだろうか。

すると呆けていたマリアンヌの背後で咳払いがして、驚いて振り返る。

そこにはいつからいたのかユーリが立っていて、その顔は呆れているように見えた。

「まったく……まだ正式なご結婚前なのに人前であゝいうことをされては困ります」

イザークにではなくマリアンヌに言っているように聞こえて、慌てて謝罪を口にする。

「ご、ごめんなさい……」

「我が国の王妃となろうとしている人が、軽々しく臣下に謝罪などしないでください」

「え？　ああ、すみま……」

ぎろりと睨むように見つめられ、マリアンヌは慌てて口を噤んだ。

臣下に謝罪をするなと言うわりに、ユーリの方がマリアンヌを主君の結婚相手として敬っていない気がする。

まあなんだかんだとこの王宮での情報源としてユーリは必要なので、マリアンヌは言いたいことを飲み込んだ。もちろん機会があれば言い返す気満々だったが今は仕方がない。

「どうぞ、ご案内いたします」

「はーい」

「返事は間延びさせず、はっきりとなさってください」

「……はい」

まるで小姑だ。マリアンヌは心の中でユーリに向かって舌を出した。

もし本当にイザークと結婚をしたら、こうやってマリアンヌの発言や行動に口を出すつもりだろうか。向こうがこちらを嫌うのは勝手だが、あまり出しゃばってくるのは勘弁して欲しい。

それとも仲良くなっていけばこの頑な態度も少しは和らいでくるのだろうか。

「ねえ、あなたも私のことを知っていたの？」

先に立って歩くユーリの背中に向かって問いかけると、彼は当然だろうという顔で肩を竦めた。

「当たり前でしょう。私はイザーク様の従者として、ヴェルネではすべての催しにお供させていただいています。というか、先に申し上げておくと私はあなたが嫌いです」

「……は？」

いきなり直球で飛んできた言葉に、マリアンヌはユーリと仲良くなろうとする努力を諦めた。

今さら言われなくても初対面のときからわかっていたけれど、改めて言われると乾いた笑いしか出てこない。

まあ最初の出会いが最悪だし、イザークからも聞かされていたので、嫌いと言われていい気はしないが今さら驚くことではなかった。ただ、やはりはっきり言われると胸にちくりとした痛みが走った。

小さな針がたくさんついた礫を投げられ、最初は痛くないのにジワジワと痛みが広がって、針の先に塗られた毒が少しずつ全身に広がっていくみたいだ。

ユーリはさらにマリアンヌの気持ちを折れさせるような言葉をさらりと口にする。

「それからもうひとつ。私はあなたと王子の結婚には反対です」

「……はい？」

側近とはそこまで口を出すものなのだろうか。さすがにムッとしたマリアンヌがユーリの背中を睨みつけると、まるでそれが見えていたかのように自信たっぷりの声が続く。

「理由はご自分で考えてください。ああ、王宮には他にも難関がありますので、それどころじゃないかもしれませんが、せっかくですから少し頭を使うようになさってくださいね」

「……」

マリアンヌが頭を使うのが苦手だとわかっているような発言が、また癇に障る。

「さ、あなたはこちらにご滞在いただきます」

立ち止まったユーリがサッと扉を開け、マリアンヌが扉をくぐりやすいよう身体を引く。嫌いでも一応最低限のマナーは守るらしい。

そして部屋の中に足を踏み入れたとたん、女性というよりは少女に近い甲高い声が耳に飛び込んできた。

「お兄様!?　おかえりなさ……って、ユーリじゃないの。お兄様は？」

ふわふわの栗色の髪をした美少女がソファーの向こうからパッと飛び出して振り返ったと思うと、マリアンヌとユーリの姿を見てあからさまに落胆顔になる。

「カリナ様、イザーク様に勝手に部屋に入るなと言われているはずですが？」

ユーリに厳しい眼差しを向けられたが、カリナと呼ばれた少女は動じる様子もないどころか、ペロリと舌を出してみせる。

「いいじゃないの。それよりお兄様は？　一番最初に私に会いに来てくれると思ったのに」

お兄様ということはイザークの妹らしい。マリアンヌよりひとつふたつは年下に見えるが、なかなかの美少女だ。

「イザーク様は王陛下にご挨拶に。こちらはイザーク様が正妃に任命されたマリアンヌ様です。どうぞご挨拶を」

カリナは、そこで初めてマリアンヌの存在に気づいたかのようにこちらを見てにっこりと微笑む。その愛らしい笑みに、マリアンヌも笑みを返したときだった。

「はじめましてマリアンヌ様、私、お兄様の婚約者でカリナと申しますわ」

〝婚約者〟という言葉に一瞬なにかで頭を殴られたような衝撃を受ける。

「……こ、婚約者……？」

聞き間違いであって欲しいと思うマリアンヌの前で、カリナが自信たっぷりの顔で頷いた。

「ええ。婚約者よ。お兄様からお聞きになっていないの？」

マリアンヌは驚きが隠せないまま小さく首を横に振る。

「まあ、お兄様ったら。ちなみに私はお兄様の従妹で一番目ですの。私の他にあと四人婚約者がおりますのよ。ああ、マリアンヌ様がお兄様と結婚されるなら、五番目の子は近々その任を解かれると思いますが」

「……」

「エーヴェの王族は五人まで妻帯を認められていて、お兄様が成人したときに特に意中のお相手がいらっしゃらなかったので、国のしきたりに則って婚約者が決められましたの。でも従妹の私以外とは顔も合わせたこともないような間柄ですから安心なさって」

カリナの言葉は安心しろと言うよりは、自分は特別なのだと言っているように聞こえる。なにより五人も婚約者がいるというのに、イザークがさらにマリアンヌに結婚を申し込んだということにショックを受けた。

一夫多妻が当たり前の国だから話す必要がないと思ったのかもしれないが、元々たくさんいる女性のひとりとしてしか考えていないから、あんなふうにたやすく〝結婚〟という言葉を口にしたのだとしたら？

ユーリが結婚に反対だと言った理由の中にはこのことも含まれていたのかもしれない。それなら先ほどは聞き流してしまったが、難関があると言った言葉の説明もつく。

マリアンヌがきちんと異国の風習にも興味を持って勉強していれば、避けることができたかもしれない。そう思うと無知な自分が悔やまれる。

だがまだ正式に結婚の契約を交わしたわけではないと自分を励ます。

「マリアンヌ様？　もし気になるようでしたら、他の者も召してはいかがですか？　私の方から挨拶に伺うように申し伝えることもできますわよ」

カリナが親切で言っているのか、それとも嫌がらせでそう申し出ているのかもわからなくなる。

「いえ……今日は疲れてしまって……」

そう呟くのが精一杯で、ユーリがカリナを追い出すのを横目に見送るのが精一杯で、そのままソファーに崩れるように座り込んでしまった。

ユーリはそんなマリアンヌを慰めるでも、主を擁護する言葉を口にするのでもなく、ただ侍女たちにマリアンヌの世話を命じて部屋を出て行ってしまった。

「……」

なんの説明もなく不意打ちでこんなショックを与えたイザークが恨めしいし、こうなるとわかっていて警告してくれなかったユーリにも腹が立つ。

こんなときミレイユがいれば、どうすればいいか冷静にアドバイスをしてくれるのに。

今すぐミレイユに会いたい。いつもミレイユを守るのは自分で、引っ込み思案の姉の代わりに自分が自由に明るく振る舞ってみせることが役目だと思っていたが、本当はミレイユがいてくれたから奔放に過ごせていたのかもしれない。

ミレイユならなんと言ってくれるだろう。マリアンヌは会いたくてたまらない姉の顔を思い浮かべる。

一卵性の双子だから鏡を見ているようなものでしょう、とよく言われるが、本人たちはお互いの違いがよくわかる。例えば同じ二重でもマリアンヌは幅が平行で、ミレイユの方が奥二重気味の末広で優しく見えるし、唇の厚さだって微妙に違うのだ。

その姉の優しげな二重まぶたを思い出し、彼女の言葉を想像する。

姉ならきっとカリナからの一方的な言葉だけで心を決めず、イザークの話も聞くべきだと言うだろう。

すぐにカッとしてしまうマリアンヌのことをミレイユならそう言って諭す。そして励ますように優しく手を握ってくれるはずだ。

「そうよね、ミレイユ」

自分の気持ちを決めるのはそれからでも遅くない。ここでいくら腹を立てても涙を流してもイザークには伝わらないのだから。

それに怒るのなら本人に面と向かって怒った方がすっきりすると物騒なことを思いつつ少し気持ちが楽になる。

「あのぅ……湯浴みやお食事の準備はいかがされますか？」

侍女が申し訳なさそうに声をかけてきて、マリアンヌはすくっとソファーから立ち上がる。

イザークと対峙するのなら少しでも隙のない自分にしたい。そのためには髪やドレスを整えて、ついでに食事をいただいて落ち着いた気分の方が上手くいくはずだ。

マリアンヌは侍女に向かってにっこりと微笑んだ。

「ありがとう。さっそくなのだけれど、お湯を使いたいわ。ずっと潮風を浴びていたから髪も服もベタベタで気持ちが悪かったの」

「もちろんです。お着替えもご用意しておりますからどうぞこちらへ！」

侍女の手伝いで湯浴みと着替えを終えたマリアンヌが最初の部屋に戻ると、食事の支度ができていて、大きな丸テーブルにはひとり分とは思えないほどの量の皿と料理が並べられていた。

「お口に合えばよろしいのですが。他にお召しあがりになりたいものがございましたら用意するよう言われておりますので、どうぞ何なりとお申し付けください」

「ありがとう。でもこれで十分よ。とても美味しそうですもの」

考えてみれば船の上の食事は決してまずくはなかったけれど、限られた食材で作るので野菜や果物など彩りに乏しかった。テーブルの上の料理は見た目も美しく、それだけで食事が楽しくなる。

エーヴェの王族の常食なのか、それとも客人へのもてなしなのかわからないがマリアンヌは豪華な料理をしっかり味わうことにした。

異国の食事だから心配したのだが、調理法や味付けなどはあまりヴェルネと変わらない。見たことのない野菜や果物などはあったが、質問をすれば侍女が丁寧に説明してくれたので食事を楽しむことができた。

「エーヴェは塩の産地だと聞いたわ。塩田はまるで雪野原のように真っ白になるって」

給仕の侍女に話しかけると、嬉しそうに頷く。

「はい。エーヴェでは家族の中の誰かが塩作りに携わっているというぐらい盛んなのです。今の時期は海岸に白い花が咲いたみたいに真っ白になっているんですよ。是非マリアンヌ様にもお見せしたいですわ」

イザークが話していた通り美しいのだろう。

「私の家でも父と兄が塩田をしておりますわ。ありがたいことに昨年王室御用達(ごようたし)にご指名いただきまして、それからは市場での取引価格が一段上がったと喜んでおります」

「まあ、素晴らしいじゃないの。ヴェルネに帰るときは家族への土産に、是非あなたのおうちの塩を買って帰りたいわ」

「本当ですか⁉　父も兄も喜びます！　ヴェルネ王への献上品だなんて‼」

家族に報告するために今すぐ飛び出して行ってしまいそうな喜び度合いに、マリアンヌはクスクスと笑いを漏らす。

「そんなに急がないのよ。出立までには一週間ほどかかるそうだから」

船上で男ばかりの中過ごしていたからか、侍女たちの物腰の柔らかな話し方や態度が妙に新鮮で、そのあともあれこれ質問して色々な話をした。

結局イザークが部屋に戻って来たのは、食後のお茶も終え、そろそろ休んだ方がいいと勧められ夜着に着替え終えた矢先だった。

「王子殿下がお戻りです」

相変わらず侍女たちにあれこれ質問しておしゃべりをしているところだったので、イザークの登場に侍女たちはサッと顔色を変え口を噤む。

「おかえりなさいませ」

口々にそう言うと、侍女たちは居心地悪そうに目を伏せてしまう。まるで怯えているみたいだと見かねたマリアンヌが目で合図を送ると、侍女たちは安堵したようにサッと部屋をあとにした。

「ずいぶんと盛り上がっていたな」

侍女たちの態度など気にならないのか、イザークはドサリとマリアンヌの隣に腰を下ろす。あまりにも無頓着な態度に、マリアンヌは抗議するように眉を上げた。

「イザークが来るまではね。あなたが戻ってきたとたん口を噤むなんて、普段から辛く当たっているんじゃないでしょうね？」

使用人に強く出たり辛く当たるような男は信用できない。もしイザークがそんな男なら、婚約者云々を抜きにしてもこちらから願い下げだ。

「それなら心配いらない。きっと仕事を忘れてあなたとおしゃべりを楽しんでいるところを俺に見られて後ろめたかったのだろう。そもそも俺はあまり侍女をそばに置かないから、辛く当たりようがない」

イザークはそう言うとちょっと肩を竦める。

「それより長い時間放っておいてすまなかった。ひとりで食事は寂しかったんじゃないか？　船ではひとりは嫌だと俺に抗議をしてきただろう？」

まるでマリアンヌが寂しがりやの子どもみたいに聞こえる。からかわれているのだとわかっているが、ついプイッと顔を背けてしまう。

「おあいにく様。エーヴェのおもてなしを美味しくいただいたわ。侍女たちとのおしゃべりも楽しかったし」

「可愛くないな。そこは寂しかった。会えて嬉しいと言うところだろ」

　自信たっぷりの口調に意地でもそんなことは言いたくなくなる。こういうところが天邪鬼で可愛くないと自分でも思うのだが、持って生まれた性格はなかなか変えられない。

「絶対そんなこと言わないから期待しないで！」

　マリアンヌの返事に機嫌を損ねるかと思ったが、イザークは「そうか」と呟いて、クツクツと喉を鳴らした。考えていることなどお見通しだと言われているみたいだ。

「そ、それにしても遅かったわね？」

　マリアンヌは笑われていることが嫌で、無理矢理話題を変えた。

「ねえ、もしかしてお父様は私たちのこと怒っていらっしゃるんじゃないの？」

　冷静に考えれば他国の血をエーヴェの王室に入れたくないとか、すでに婚約者がいるのに勝手なことをするなとか、王の怒りを買ってしまい遅くなったのではないだろうか。

　そこまで考えて、昼間のカリナとの思いがけない対面を思い出した。

　美味しい食事と侍女たちとのおしゃべりのおかげで気が紛れ、肝心なことをすっかり忘れていたが、婚約者の話を問い糾すつもりだったのだ。

　だがいざとなると婚約者が五人いるという話など、どう切り出せばいいかわからない。

「お、お父様は私たちのことに反対なさっているの？」

「その反対だ。父は俺があなたと結婚したいと言ったら大喜びだった。まあいつも早く結婚しろとけしかけられていたのをかわしていたから、俺が女に興味を持ったことに驚いているんだろう」

妻の枠のひとつぐらい外国の娘に使ってもかまわないということだろうか。ところが遅くなった理由はそうではないらしい。

「問題は母だ」

その言葉にドキリとした。古今東西嫁姑、つまり義理の親子関係でいざこざがある話は耳にしたことがある。それは市井の者でも王族でも変わらない。

マリアンヌの母は伯爵家の出身で、今は姉夫婦が爵位を継いでいるのだが、その姉とは母親が違うのだという。母はあまり詳しく話してくれないが、義理の母親に育てられたそうで、その親子関係はお世辞にもよくなかったと伯爵夫人である伯母が話してくれたことがある。

一応親子関係があってもそうなのだから、大切な息子の妻となる女性には、色々感じるところがあるのかもしれない。

そもそもイザークの母親も五人の妻のひとりのはずで、何番目の妻と呼ばれているのかまで勘ぐってしまう。

「あの、お母様はなんておっしゃっているの?」

きっと知り合って間もない娘との結婚は認めないとかそんな話なのだろう。

まあ親が決めた婚約者が五人もいればそう考えておかしくない。その五人なら身元も確かだろうから、わざわざ新たに女性を迎える必要はないと考えているのだ。

「俺は早くあなたのところに帰りたかったんだが、母に散々説教されてこんな時間になったんだ」

「お説教……」

対面をする前からそんなにも反対されているなんて、それだけで気が重くなる。思わず顔を曇らせるマリアンヌに気づいたイザークが慌ててそれを否定した。

「違うぞ。母はあなたとの結婚には賛成だ」

「え？」

それならなぜ説教をされたのだろう。わけがわからないという顔で呆けるマリアンヌの頬を、イザークの長い指が突いた。

「あなたがそんな顔をするようなことじゃない。原因は俺だ。あなたをエーヴェまで連れてきたことを怒られたんだ」

「……え？」

さらに状況が理解できない。花嫁を勝手に連れてきたことを怒られているのなら、やはり原因はマリアンヌのはずだ。

「なぜあなたが間違って乗り込んでしまったとわかった時点で引き返してやらなかったんだと怒るんだ。ひとりで男ばかりの船に乗り合わせるなんて不安で仕方なかっただろう。

ヴェルネのご両親がどれだけ心配しているか考えなかったのか。気が利かない息子だと散々罵られた」

「……」

その説明にマリアンヌは思わず安堵のため息を漏らす。まだ一度も顔を合わせていない謎の娘のことを心配してくれる、優しい人らしい。カリナのように一方的にまくし立てる人だったらと心配だったが、話が通じる人のようだ。

それにしても大の男のイザークが母親に叱られているところを想像すると、笑いがこみ上げてくる。どんな人かはわからないが、帰国前に一度会ってみたい。

堪えきれなくなったマリアンヌがクスクスと笑いを漏らすと、イザークが大きなため息をついた。

「まあいい。これで俺の両親の了解は取れたんだからな。明日にでも改めて俺の両親には紹介する。あとはヴェルネ王に許可を取らなければならないが……正直こちらの方が大仕事だ。あなたも少しぐらい援護してくれよ」

「……」

イザークの悪びれない態度に、昼間のカリナの言葉がすべて嘘だったのではないかと思えてしまうが、ユーリが否定しなかったこと、また〝難関〟と口にしたことを思えば、彼に婚約者がいるのは間違いないのだろう。

どうやって切り出せばいいのだろう。つい黙り込んでしまったマリアンヌの様子がおかしいことに気づき先に口を開いたのはイザークだった。

「……なにか、言いたいことがあるみたいだな」

「えっ⁉」

こちらに後ろめたいことなどないのに、言い当てられてドキリとする。そんなにも態度に出ていただろうか。

「なんだ？　遠慮するなんて、あなたらしくない」

「なによ、それ！」

「本当のことだろ。今はふたりきりだからいつものように言いたいことを言っていいぞ。あなたのことだから侍女の目を気にして、今日は一日澄ましていたのだろう？」

イザークはからかうように笑ったが、マリアンヌにはそれに笑みを返す余裕はない。

「……」

「マリー？」

イザークの眉間に皺が寄せられるのを見て、マリアンヌは思いきって口を開いた。

「昼に……カリナ様に会ったわ」

「……カリナに？　そういうことか」

やはり否定しない。それどころかカリナの名前を聞いただけですべて理解したところを見ると、すべて本当のことなのだ。

「あなたに婚約者が五人いるというのは本当なの？　カリナ様はそれが当たり前のように言ったけれど、私の国では考えられないことよ。そのことをあなたからじゃなくカリナ様から聞かされたのはショックだったけれど……もしイザークが私をたくさんいる婚約者のひとりとして見ているのなら私は」

そこまで口にしたマリアンヌの言葉を大きな声が遮った。

「違う！」

イザークはそう叫んで身を乗り出す。

「あなたをそんなふうに考えたことは一度もない！　それに他の女性たちとの婚約は解消すると伝えてきたところだ。俺の妻となるのは……あなただけだ」

その眼差しは真っ直ぐにマリアンヌを見つめていて、嘘をついているように見えない。元々彼の何事にもひたむきな眼差しでは嘘をついてもすぐに気づくだろう。

「……信じても……いいの？」

そんな試すような言い方ではなく、最初からイザークを信じるべきだと思っている自分もいたが、やはり先に教えておいてもらえなかったことがショックだったのだ。

自分にはこの異国の地で頼れる人はイザークだけなのに、彼にとってはそういう存在ではないと思ってしまったら、不安でたまらなかった。カリナの言葉を聞いてショックを受けたのは、異国の地でひとりぼっちだという心細さもあったのだろう。

イザークの言葉に胸の中にしまってあった不安が一気に溢れ出し、涙が滲んでくる。俯いてしまったマリアンヌの手をイザークがギュッと握りしめた。

「あなたに婚約者がいることを黙っていたのは、それが親が勝手に決めた相手だったことと、最初から婚約解消をするつもりだったたから、わざわざあなたに心配をかけたくなかったんだ。知らないで済むのならそれでいいと思った。決してあなたをないがしろにしたわけじゃない。信じてくれ」

イザークの真摯な眼差しにホッとするが、もう一方で自分をこんな気持ちにさせたイザークが恨めしく思えてしまう。

――好きなのに憎らしい。

矛盾した不思議な気持ちに、マリアンヌは人を好きになるのは難しいものだと思った。ずっと彼を一心に信じる気持ちだけ持てばいいのに、ほんの少しのことで彼を疑い不安になってしまう。恋する気持ちはとても危うい感情なのだと思い知らされる。

しかしすべてを許してしまったら自分が消えてなくなってしまいそうだし、でも一方で物わかりのいい、彼を理解している人間だとも思われたい。

感じたことを感情を交えず客観的に伝えられればどんなに楽だろう。だがその難しさが自分を成長させるなにかなのかもしれなかった。

「……あなたはなにも言ってくれなかったから。その国にはその国のしきたりがあるんでしょうけど、教えておいて欲しかったわ。私はあなたの国のことをなにも知らないのよ。これからはきちんと教えて欲しい」

やはり、このことだけは伝えておきたい。万が一ユーリのようにふたりの結婚を反対する人が出てきたら、戦って説得すればいい。でも戦うマリアンヌの盾となって守ることができるのはイザークだけなのだ。

マリアンヌの言葉を黙って聞いていたイザークは神妙な顔で頷いた。

「悪かった。俺が勝手にあなたを守っている気になっていただけで、別の場所で辛い思いをさせた。結局嫌な思いをさせていたとは……本当にすまないことをしたと思っている」

「ううん。私も素直にあなたの言葉を信じられなくてごめんなさい。ユーリに結婚には反対だって言われたばかりだったから、ついカリナ様の言葉を真に受けてしまったのね」

「俺もカリナが勝手にあなたに話すことぐらい考えておくべきだったんだ。それより……ユーリがあなたにそんなことを言ったのか？　そちらの方が気になるな」

「それは……」

思わず口にしてしまったが、これでは告げ口のようだし、マリアンヌがユーリを罰して欲しいと頼んでいるみたいだ。ユーリがイザークを心から心配しているのはちゃんとわかっているし、彼がイザークに必要な人だというのも同様だから、ふたりが揉めるのは見たくない。

「ユーリが私に難関があると言ったのだけれど、このことだったたね。あなたがいつまでも婚約者のことを言い出さないから、それで反対だと言ったのかもしれないわ。そんな不誠実な男はやめておけって」

ユーリのことから話をそらせるつもりが、また婚約者のことを蒸し返すような言い方になってしまう。

ハッとして口を噤んだが一息遅く、イザークがため息をついた。

「やはりまだ怒っているのか。どうしたら機嫌を直してくれるんだ。あなたしか娶らないと神に誓う。それでも俺を許せないか？」

マリアンヌは慌てて首を横に振る。恋の駆け引きなどよくわからないが、これではただ駄々を捏ねる嫌な女だ。

「ゆ、許さないなんて言ってない……ただ、傷ついたことをわかって欲しかっただけ。それに……本当に私だけなんて誓ってもいいの？　だって、王族が妻や側室を持つのは跡継ぎのこともあるからでしょう？」

ヴェルネも一夫多妻ではないにしろ、側室を持つことは当然とされている。両親はとても愛し合っているし、母にはマリアンヌたち双子や跡継ぎのリュックもいるので臣下たちにうるさく言われないが、やはり子どもが生まれなければ、いくらマリアンヌが嫌がってもイザークは別に妻を持たざるをえなくなる。

　王族として仕方がないと思う反面、イザークが他の女性と閨を共にするなんて想像ですら許せないという思いもあった。

「大丈夫だ。俺とあなたならきっと子だくさんだ。それに我が国は五人まで妻を娶れると言いながら、俺が知る限り曾祖父には側室がひとりいたぐらいで、祖父も父も実際には妻はひとりきりなんだ。俺があなたひとりだと誓うのならなんの問題もない」

「……」

　あまりにも簡単なことのように言うが、楽観的すぎないだろうか。納得しきれないマリアンヌの気持ちに気づいたのだろう。イザークが苛立たしげな眼差しを向けた。

「……俺が信じられないのか」

「信じるけど……」

　イザークはため息をひとつつくと、マリアンヌを抱きあげて向かい合うようにして自分の膝の上に座らせる。

「その言い方は、信じていないな？」

　漆黒の瞳で見据えられて、マリアンヌは唇をへの字にした。

「……だって」

　杞憂と言われればそれまでだが、この先のことを考えたら心配なことがたくさんある。

まだふたりの関係は始まったばかりなのに、こんなに不安なことばかり考えてしまうのは、自分は本当は幸せになりたくないのかと心配になってしまう。

「では、仕方がないな」

イザークがため息交じりに言った。

「……え？」

まるで切り捨てるような物言いに、マリアンヌは目を見開きイザークの顔をまじまじと見つめた。

俺を信じられないのならもういらないと言われたような気がしたのだ。

「……」

すると呆然として言葉のないマリアンヌの前で、イザークはニヤリと笑い唇の両端を吊り上げる。

「それなら信じられるようにしてやる。ちゃんと子を成さねば認めてもらえなくなるからな」

自信たっぷりに言うと、マリアンヌの頬を引き寄せて小さな唇をチュッと吸い上げた。

子を成す――それはこれからマリアンヌを抱くと言っているのだろう。しかし結婚式も挙げていないのに子ができるのは、それはそれで問題だ。でもそれを口にしたらもっと面倒くさい女だと思われそうで、マリアンヌは口を噤む。

それに嵐の夜イザークに抱かれた記憶は鮮明で、ずっとまた抱きしめて欲しいと思っていたのだ。

マリアンヌが返事の代わりに微笑むと、イザークは腰に回していた手でマリアンヌの背中を優しく撫でさする。

「そういえばあの後聞きそびれたが」

そう呟きながらマリアンヌの身体を胸に引き寄せ、頰、額、瞼と順番に唇を押しつけていく。

「ん……」

羽のように触れては離れていく唇に、マリアンヌは小さく鼻を鳴らした。

「身体は大丈夫なのか？　初めてなのに無理をさせたのではないかと心配していたのだ。女にとって破瓜はかなりの負担なんだろ？」

漆黒の瞳で覗き込まれて、マリアンヌは顔が赤らんでいくのを感じた。

「……っ」

イザークが心配してくれるのは嬉しいが、聞かれて素直に答えやすい質問ではない。マリアンヌは思わず視線をそらす。

「あ、あの……だ、大丈夫だから……」

確かに翌朝多少節々が痛んだり、いつまでも異物感があるようで落ち着かなかったが大袈裟にするようなことではない。ところがイザークはギョッとするようなことを口にした。

「いや、やはり心配だから見せてみろ」

「は⁉」

思わず視線を戻すと、その先ではイザークが楽しげにクツクツと喉を鳴らしている。

「あなたは恥ずかしくなるとすぐに目をそらすからわかりやすいな」

「そ、そんなこと……」

そう言いながらまた目をそらしてしまい、そうではないと強く言い返せない。

「そういうところも可愛いぞ。気の強いあなたがそんな反応をするともっと見たくなる」

「な！」

からかわれているとわかっているのに、つい険しい視線を向けるとさらに笑みが深くなる。

「そんな怖い顔をするな。可愛くてもっと虐めたくなる。よし、本当に大丈夫か見てやろう」

イザークは唇に悪戯を思いついた子どものような笑みを浮かべ、夜着の裾を捲(まく)り上(あ)げる。

「きゃっ！」

悲鳴をあげて裾を押さえるが、その隙に抱きあげられ、そのままソファーに押し倒されてしまった。

夜着を胸の辺りまで捲り上げられてしまい、足をバタつかせてなんとか逃れようとするのに、逆に膝を割られて身体を割り込ませられてしまう。

イザークに組み敷かれて、マリアンヌはハッとして自分があまりにも薄着であることを思い出した。

夜着の上に薄物こそ羽織っているが、その下はシュミーズもなくドロワーズ一枚だ。こうして夜着を捲られてしまったら剝き出しの足や下着が丸見えになってしまう。

「ま、待って、イザーク！」

「今さらなにが恥ずかしいんだ？　この間は素っ裸で俺に抱きついてきたじゃないか」

その言い方は語弊がある。たまたま身を包んでいた毛布が落ちてしまっただけだ。

「確かに脱がせていくのも情緒があっていいな。よし、順番に可愛がってやろう」

順番に脱がすほど身に着けていないと言うマリアンヌの抗議は当然却下され、イザークは華奢な足首から順番に口づけていく。

普段は強引な口調のくせに、イザークの愛撫は優しい。つま先の小さな爪のひとつひとつにも口づけられて、軽く唇が触れるだけのキスはいっそもどかしさすら感じる。

「ん……っ」

自分で触れてもなにも感じない場所が、イザークに触れられると特別な場所になって熱を持つのだ。

熱い唇は焦らすように足首からふくらはぎ、小さな膝頭へと辿っていき内股を甘噛(あまが)みする。

「ひ……ぁン！」

なんとも言えない甘い痛みに、マリアンヌが恥じらいながらも声を漏らす。イザークは白い素肌に唇を押しつけながらその様子を楽しげに見上げた。

長い指が太股の柔らかい部分に食い込みさらに足を大きく広げられる。たった一枚下肢を覆うドロワーズの下では早くも花弁が疼いていて、マリアンヌはもどかしくてたまらなかった。

でも自分から触れて欲しいなど口にできない。イザークはマリアンヌのその葛藤もわかっているのか、内股に唇を押しつけてその場所を強く吸い上げた。

「あ、んんっ！」

イザークが吸い上げたそこには、数日は消えそうにない赤紫色の鬱血が残されていた。

「これは……俺のものだという印だ。今日はたくさんつけてやるから覚悟しろ」

イザークはそう言いながら太股のあちこちに口づけ、ピリリとした痛みを残していく。

「や、あぁ……んんっ……」

その痕は一晩かけて身体中に残され、あとになって侍女たちの目に止まり恥ずかしい思いをするのだが、その時はイザークに求められていることが嬉しくて、その痛みすら心地よかった。

ただ足に口づけられているだけなのに、少しずつ身体が疼いてくる。さらに恥ずかしいことに、花弁の疼きはさらに増して、触れられていないはずの足の間が潤ってくるのが自分でもわかる。

この前の夜のように早く触れて欲しくてたまらないのに、イザークはもどかしいほどゆっくりとドロワーズに手を伸ばした。

あまりにもどかしくて自分から腰を上げてドロワーズを脱ぐのに協力すると、イザークの唇から忍び笑いが漏れる。

「今夜はずいぶん積極的だな」

「……だって」

イザークは手にしていたドロワーズをマリアンヌの前で二、三度振ると見せつけるようにして床に放り投げた。

「さあ、本当に傷ができていないか見てやろう」

そう言うと、喜色を浮かべるマリアンヌの腰の下になぜかクッションをあてがう。さらに膝を割られてしまいバランスを保つために膝を曲げると、ゆっくりとマリアンヌの下肢に顔を近づけた。

「……ああ、よく見える」

触れるわけでもなく、ただ検分するだけの視線はどうしようもなく羞恥心を煽る。

彼の前で足を大きく広げすべてをさらけ出すというはしたない格好は、いっそ気を失ってしまいたくなる。それなのに見られていると思うだけで、触れられてもいないのに下肢にキュンとした痺れが走って、さらに花弁から愛蜜が溢れ出す。

「……イ、イザーク」

思わずすがるような眼差しを向けると、イザークは足の間でクスリと笑う。

「あなたは見られるだけでここを濡らすのか。いやらしい女だ」

揶揄するような言葉に、マリアンヌの顔が真っ赤になる。

「傷がないか確認してやっているというのにこらえ性がないな。ではまず入口からだ」

イザークの長い指が花弁を割り開き、雄芯を深く咥え込むための蜜孔の入口をなぞる。

「ひあっン‼」

たったそれだけの動きなのに、触れて欲しくてたまらなかったマリアンヌの腰が大きく跳ね上がる。

「こら、暴れるんじゃない。そんなに動いたら傷が探せないだろう」

そんな場所に傷があるはずなどないのに、イザークは太股の裏に手を回し、マリアンヌの細腰を動けないように強く引き寄せた。

「ない……傷なんて、ない……から」

「それは調べなければわからないだろう？」

「や……もぉ、いいから……っ」

羞恥ともどかしさに涙目を向けると、イザークの唇がフッと歪む。

「まるで男を誘う花だな。蜜が溢れて、口づけずにはいられない」

濡れた場所にふうっと息を吹きかけられ、その刺激にマリアンヌは背を大きく仰け反らせた。

「そんなに欲しいのか？」

マリアンヌがコクコクと何度も頷くと、イザークはおもむろに長い舌を伸ばし、マリアンヌの淫らに濡れた花弁に擦りつけた。

「はぁ……ん、あ……んん……っ」

イザークはまるで子猫がミルクを飲むように、ぴちゃぴちゃと音を立てて愛蜜を舐める。それは待ちわびていた刺激だったはずなのに、マリアンヌの中はすぐにまたもどかしさでいっぱいになった。

ざらつく舌の腹で濡れ襞を擦られるとゾクゾクしてしまうのだが、もっと激しい快感を知ってしまったせいで、物足りなく思えてしまう。この間の夜のように激しく求めて欲しいのに、それを口にすることはできない。無意識に腰を揺すり上げてしまい、肉襞に舌を這わせていたイザークが含み笑いで顔を上げた。

「どうした？」

その顔はマリアンヌがなにを言いたいのかすべてわかっているという顔だ。

「どうして欲しいのか言ってみろ」

すべて彼の作戦だとわかっているのに、もう我慢できそうにない。

「マリー？」

強く名前を呼ばれて、観念するしかない。マリアンヌはおずおずと口を開いた。

「あの……もっと……、は、激しく……」

「激しくして欲しいのか？」

なんてはしたないのだろう。どうか嫌わないで欲しいと思いながら小さく頷いた。

しかしマリアンヌの心配をよそにイザークはその言葉を待っていたかのように満足げに微笑む。

「では望み通りにしてやろう」

言質を取ったとばかりに唇を歪める顔を見て、彼がマリアンヌにそう言わせたくて焦らしてきたのだと理解したが、一度口にしてしまった言葉は戻らない。

いっそ彼の顔を蹴り飛ばしてやりたかったが、すぐに襲ってきた嵐のような激しい愛撫に、そのことはすぐに頭から消えてしまった。

愛蜜で溢れた隘路は太い指を難なく飲み込み、激しく抽挿され始めると嬉しそうにグチュグチュと音をたてて蜜を溢れさせる。溢れた蜜は太股を濡らし、お尻の間へと伝い落ちていき、腰の下にあてがわれていたクッションを濡らしてしまう。

「ひ、んッ‼」

お腹の裏のざらりとしたところを撫でられ、痛みにも似た刺激を感じてマリアンヌは高い声を漏らす。

「ここか」

「いやっ。そこは……んぁ、や、だめ……ぇ……」

今までとは比べものにならないぐらいの痺れを感じて腰を浮かせる。しかしイザークが足の間から身を起こしたかと思うと、マリアンヌの上に覆い被さり、屈強な身体で押さえ付けられてしまう。

「や、あ、あぁ……いやぁ……っ」

硬く長い指で濡れそぼった隘路を激しく攻め立てられる。まるで愛蜜の溢れる泉のように次から次へと溢れる蜜が、イザークの長い指を濡らしていく。

薄い夜着の下で立ち上がった乳首を薄布の上からぱっくりと咥え込まれてさらにマリアンヌの声が艶を帯びた。

感じやすい場所を激しく攻め立てられ、マリアンヌはあっという間に高みに上りつめてしまう。彼に抱かれるのはまだ二度目だというのに、すっかりその手に飼い慣らされてしまっているみたいだ。

イザークは手早く自身の服を脱ぎ捨て、まだ達した余韻でぐったりしているマリアンヌを休ませることなく抱き起こし、身体にまとわりついていた夜着を剝ぎ取る。

ぼんやりとした頭でされるがままになっていると、そのままイザークの上に向かい合うように座らされてしまった。

先ほどまで焦らされていたとは思えないほど、イザークの動きが熱を帯び、気が急いているような気がする。

「あ……」

ふと視線を落としふたりの間にそそり立つ雄芯を見て、マリアンヌはやっと状況を理解した。

彼も早くマリアンヌとひとつになりたいと思ってくれている。その証を目の当たりにして、マリアンヌは胸がキュッと苦しくなった。

イザークはマリアンヌの両腕をとると自分の首に回させる。それから腰を引き寄せて、マリアンヌの濡れた場所を自身の雄に押しつけた。

「んっ！」

足を開いているせいで剝き出しになった花芯にゴリッと硬いものが押しつけられる。

「あ、や……イザ、ク……ぅ……」

再び甘い声をあげるマリアンヌの前で、イザークの呼吸もわずかに乱れる。

「自分で擦りつけてみろ」

一瞬命令されたことのはしたなさに顔を赤くしたが、ここにはふたりだけだと自分を励ます。それに、早くイザークと共に気持ちよくなりたいという欲望を抑えられない。

マリアンヌが言われるがままに腰をゆるゆると動かすと、あっという間に肉棒は愛蜜にまみれてしまった。

ふたりの間で、クチュクチュと粘着質な音が生まれる。

「はぁ……んぅ……あぁ……」

自分で動かしているからか、気持ちがいいと思える場所にばかり肉棒を押しつけてしまい、少しずつ腰の動きが大胆になる。

「ん、ん……はぁ……ぁ……」

マリアンヌが首を反らして恍惚(こうこつ)の表情を浮かべるのをイザークは満足げに見つめた。

「上手だ」

イザークは大きな手のひらで胸の膨らみをすくい上げると、それをやわやわと揉みしだく。指の間からはみ出した乳首はツンと立ち上がっていて、イザークはその赤く熟れた果実を口に含んだ。

「ひあぁ……ん、はぁ……っ」

雄芯と擦れ合う花芯がジンジンと痺れて、気持ちよくてたまらない。それなのに蜜孔の奥は物足りなくて切なそうにキュウキュウと悲鳴をあげていた。

マリアンヌは無意識に腰を浮かし、蜜口に雄の先端を擦りつける。

しかし愛蜜まみれになった先端はヌルヌルと滑って、上手く蜜孔に当たらない。

何度かそれを繰り返していたが先にもどかしくなったのはイザークの方で、自身に手を添えてマリアンヌの蜜口にあてがった。

「そのまま腰を落とすんだ」

「あ……あ……は……ぁ……」

今度は驚くほど簡単に蜜口に先端がすべり込む。

「あ、あ……イザ、クのが……挿って……んんぅ……」

マリアンヌはイザークに言われた通りゆっくりと腰を落としていったが、想像していたよりも深いところまで挿ってくる。その刺激に驚いて腰を浮かせたが、すぐにイザークの手で強引に引き戻されてしまった。

「あぁぁっ‼」

ずん！　と子宮にまで響く勢いで最奥を突き上げられ、マリアンヌは悲鳴をあげてイザークの首に抱きついた。

「や、だめ……！」

「だめじゃない」

そう呟いたイザークの声は掠れている。

「あなたはそうして摑まっていろ。そうすればもっとよくしてやる」

イザークはそう言うとマリアンヌの腰に手を回し、揺すり上げるように胎内を突き上げ始めた。

リズミカルに深いところを突き回されて、膣洞が悲鳴をあげる。

「や、これ、いや……ぁ」

イザークが腰を突き上げるたびにグチュグチュといやらしい水音がしてふたりの間を濡らし、それを捏ね回すように腰を押し回される。

「んっ……あ、あぁ……ぅ……」

膝裏に手を回され、両足を抱え上げるようにして胎内を容赦なく突き回されて、目の前にチカチカと星が飛び散った。

こんなに激しくされたら、きっと自分は壊れてしまう。その気持ちとは裏腹に未熟な膣肉は物欲しげにうねり熱棒に絡みつく。

「あ、あ、あぁ……ふか、い……んんぅ……ダメ……ぇん……」

揺さぶられて、押されて、突き回されて、苦しくてたまらないのにイザークは動きを止めてはくれない。それどころか律動は激しくなるばかりで、マリアンヌは嬌声(きょうせい)を漏らしな

がら半べそをかく。

「どうして泣くんだ。あなたが激しくして欲しいと言ったんだろ？」

確かにそう言ったが、ここまで激しくされるとは思わなかったのだ。

「あ、ん、も……いやぁ……っ」

「わがままを言うな。ほら顔を見せろ」

わずかに顔を上げたとたん噛みつくようなキスで唇を奪われ、呼吸までもがイザークに支配されてしまう。

「んぅ……ふ、ん……んぅ……」

歯列を割って押し込まれた肉厚の舌で口腔をヌルヌルと擦られ、頭の芯まで蕩けてしまい、もうなにも考えられない。

「だ、め……あ、きちゃ、う……あ、あぁ……！」

自分の意思などお構いなく膣洞が震える。マリアンヌは憶えのある甘い愉悦とそれに続く浮遊感にイザークの身体に取りすがった。

そうしていなければどこかに飛び去ってしまいそうで怖い。イザークはマリアンヌの身体を強く抱くと、さらに突き上げるスピードを上げた。

「あ！　あ！　あぁ……んぁ……っ！」

唇から一際高い声が漏れ、マリアンヌは雄芯を一番深いところで咥え込んだまま、顎を上げ背を反らせる。

ビクビクと痙攣しながら痛いぐらいきつく肉棒を締めつけながら達するマリアンヌの身体を、イザークの腕が強く抱きしめた。

「マリアンヌ、愛している……もうあなたは俺のものだ」

イザークはそう呟き腰をさらに突き上げ、最奥に白濁を吐き出した。

「あ、あ、あ……」

胎内で雄芯の震えを感じながら、マリアンヌは脱力してイザークの胸の中に倒れ込んだ。

まだマリアンヌの胎内では熱棒が生き物のようにビクビクと震えている。その熱さを感じながら、イザークの胸に頬を押しつけ彼の鼓動に耳を傾けた。

9

帰国の船の準備が整うまでの一週間はあっという間に過ぎていった。

イザークの両親、つまりエーヴェの王陛下夫妻への謁見に始まり歓迎の晩餐会などで目まぐるしく過ぎ、イザークとふたりきりになる暇もないほどだった。

その合間にわがままを言って、イザークが誇らしげに語った塩田に案内してもらったときぐらいがふたりきりになった唯一の時間で、再び国を空けなければいけないイザークは忙しそうに毎日出かけていた。マリアンヌはその間侍女や、なぜか毎日のように訪ねてくるカリナと過ごす時間の方が長かった。

件の塩田を尋ねることができたのはいよいよヴェルネに旅立つという前日で、王陛下夫妻に暇の挨拶と昼食会をしたあとにイザークが馬車で連れだしてくれた。

イザークの説明によれば尋ねる塩田は最初の日に給仕をしてくれた侍女の実家で、塩田を経営する商家の中でも裕福な一族らしい。ヴェルネでもそうだが裕福な家庭の娘は行儀見習いも兼ねて王宮に働きに来ていることも多く、実は実家に戻るとお嬢様であるという娘も少なくなかった。

侍女もそのくちのようで、マリアンヌが塩田を見学したいと言うと、すぐに自分の実家を手配してくれたのだった。

ずっとたくさんの人に囲まれていたのにいきなりふたりきりになったからなのか、イザークと並んで馬車に揺られていることがなんだか落ち着かない。

窓から見える景色をひとつひとつ説明してくれる声に耳を傾けながら、すぐ触れられる距離に彼がいることがマリアンヌの気持ちをざわつかせた。

男性がそばにいてこんな気持ちになるのはイザークが初めてで、自分が彼を好きだという自覚がなかったら、なにか悪い病ではないかと心配してしまいそうなほど心臓がドキドキと音を立てる。

彼とふたりきりになるたびにこんなにドキドキしていたら、いつか心臓が壊れてしまうのではないかと心配になった。

「ほら、あそこに岬が見えるだろう？　あの先には造船所がある。うちの船も昨日までそこに預けられていて、嵐のときの故障箇所を修理してもらっていたんだ」

窓の外を見るマリアンヌの小さな背に覆い被さるようにして、イザークが身を乗り出す。

「……っ」

広い胸がわずかに背に触れ、結い上げて剝き出しになった項に彼の息がかかる。その微かな刺激にマリアンヌはビクリと肩を揺らした。

「どうした？」

背後から顔を覗き込まれて、マリアンヌは視線をそらす。

ドキドキするからもう少し離れて欲しいなど恥ずかしくて口にできない。そもそもイザークとはすでに裸で抱き合ったこともあるのに、服を身に着けていてドギマギしてしまうのが自分でも不思議だった。

イザークにこんなことで驚いたと言ったら、きっと面白がってからかってくるに決まっている。

「……な、なんでもないわ」

なんとかそう言って口角を上げたが、イザークの眼差しは探るようでさらにマリアンヌの気持ちをざわつかせる。

あまりにもジッと見つめてくるので、その視線に耐えられなくなったマリアンヌは視線をそらす。するとイザークはさらに顔を近づけてきて、今にも唇が頬に触れそうになる。

「マリー？」

「イ、イザーク！　す、少し離れて！　近すぎるわ……っ」

慌てて広い胸を押し返すと、イザークが我慢できないとばかりにククッと喉を鳴らして笑い出した。

「な！　どうして笑うのよ!?」

　本当は彼がマリアンヌの態度を面白がっているのはわかっていたが、それでもやはり抗議したくなる。

「あなたがあまりにも可愛らしい反応をするからに決まっているだろう。ほら、こい」

　イザークはそう言うとマリアンヌの返事も待たずにウエストに手を回し、軽々とマリアンヌの身体を持ち上げて、自分の太股の上に座らせてしまう。

「ちょっ、と！」

「大人しくしていろ」

　イザークの乱暴な口調に、マリアンヌはわずかに頬を膨らませて彼を見上げた。

「そんな可愛い唇をして、キスをして欲しいと言ってるのか？」

　笑われたことの抗議で唇を尖らせていたマリアンヌは慌てて唇を両手で覆ったが、ここにはふたりきりなのだからキスをしてもらえばよかったとすぐに後悔した。

　イザークは膝の上に座るマリアンヌを見つめて、なにか眩(まぶ)しいものであるかのように目を細めた。

「そうしていると、ヴェルネの夜会で見たあなたを思い出すな」

「え？」

　今日のマリアンヌは王との謁見用にと侍女たちが選んでくれた薄いブルーのドレスを身

に着け、髪も高く結い上げており、船の上のマリーとは別人だ。

エーヴェ王宮の侍女たちはなかなか優秀で、船旅で日に焼けた肌や潮風ですっかり痛んでしまった髪をしっかり手入れしてくれ、もしかするとヴェルネにいたときよりも美しく飾り立てられていた。

「あの夜は、確か姉君が淡いピンク色のドレス、あなたはブルーのドレスだった。式典ではふたりともお揃いの白に金の縁取りがあるドレスだったろ。あれはあなたの金の髪によく似合っていた」

「あ、ありがとう」

マリアンヌはその言葉に驚きを覚えながら頷いた。

男性が、しかもイザークのような野性味溢れる男らしい人が、女性が身に着けていたものを覚えているなんて意外だったからだ。

マリアンヌがそのままを口にすると、イザークは自嘲気味に小さく笑った。

「仕方がないだろう。あなたを一目見たときからもう気になってしまったのだから。式典や晩餐のたびにあなたを探し見つめていたんだ」

その口調がいつもよりも熱っぽく真剣な気がして、マリアンヌはうっすらと頬を染めた。

「で、でも……私たちは双子よ？　一目見たぐらいじゃ」

「そうか？　他の女に惹かれるものなどなかったし、俺は最初からあなたしか見ていなかったぞ。それに今あなたと姉君が同じドレスで俺の前に現れたとしてもあなたを見分ける自信がある」

イザークはさらりと言ってのけるが「最初からあなたしか見ていなかった」なんてなかなかの殺し文句だ。

一瞬どうせならその時に声をかけて欲しかったと思ってしまったが、あの時の自分は男性と親しくなることなど考えていなかったから、イザークにも他の国の王子同様儀礼的に振る舞って、それきりの縁だったかもしれない。

そう考えると、改めて逃げ込んだのがイザークの船でよかったと思ってしまった。

「そろそろだな。窓の外を見てみろ」

イザークはそう言いながらマリアンヌを膝の上に乗せたまま窓のそばに寄る。先ほどよりも身体が密着していたが、今は守られている安心感を覚えていた。

抱かれたまま窓の外を見たマリアンヌは、次の瞬間その景色に子どもの歓声のような声をあげてしまう。

「わぁ……！」

唇から漏れた声とマリアンヌの反応にイザークが満足げに言った。

「気に入ったか？」

「ええ！」

それ以外の言葉が出てこなくて、マリアンヌは何度も大きく頷いて、窓枠から身を乗り出すようにして目の前に広がった景色を見つめた。

侍女は真っ白な花が咲いたようだと言ったが、マリアンヌにはイザークが言った通り誰にも汚されていない真っ白な雪野原に見えた。

それにイザークの話から想像していたのは、砂浜に仕切りを作ったような畑で、海岸のそばにあるものだと思っていた。ところが塩田は海岸よりも一段高いところにあって、そこがまるで街のように区画整理されて仕切られている。

よく見ればその雪野原の所々には集められた塩がこんもりと山を作っていて、人々が機具を使って集めているようだ。

「これ……全部お塩なの？」

やっとそれだけ口にしたマリアンヌを見て、イザークが噴き出した。

「もちろんだ。塩は人が生きていくためには必要なものだから、売りものとしては最高なんだ。通貨の代わりに使われていた時代もあったし、輸出品としては保存も利くから扱いやすい。あとは外国向けにいかに品質のよいものを作るかだが、一番いいのは競争させることだ」

「つまり品評会を開いて、質の良いものには王室御用達の称号を与えたりするのね？　称号をもらうと市場価格が上がると侍女から聞いたわ。そうなれば国内での売れ行きもよく

なるから業者も潤う、業者としてはさらに品質向上に力を入れることもできるしいいこと尽くめよね」

マリアンヌの言葉に、イザークは満足げに頷いた。

「その通りだ。あなたは王女より商売に向いているな。頭の回転が速い」

そんなことを言われるのは初めてで、なんだか照れてしまう。

「そ、そうかしら。そんなこと初めて言われたわ。いつも家庭教師に褒められるのは勉強の良くできるミレイユだったから……」

ダンスや語学は好きだったが、それ以外のことで自分がミレイユより勝っていたことなどない。イザークはミレイユを知らないからそんなことを言うのだ。

「頭の回転が速いのと勉強が良くできるのは違うぞ。晩餐会や両親との謁見を見ていて思ったが、あなたは会話も面白いし、ちゃんとその場の空気を読んでその場に合った話題を提供することができる。それは勉強ができるだけでは身に着けることができない、あなたの生まれ持った才能だから自信を持っていい」

それは恋人のひいき目の気がするが、好きな人に褒められて嬉しくないはずがない。

マリアンヌがはにかみながら見上げると、イザークは唇に触れるだけの軽いキスをした。

「俺が惚れた女なんだから自信を持っていいぞ」

怖いもの知らずな不遜な言葉だが、イザークにはよく似合っている。そんな自信たっぷりなところがマリアンヌを安心させてくれ、こうしてそばにいていいのだと思わせてくれるのだ。

「まあ目の前の船に潜り込むという向こう見ずなところは直して欲しいが」

すかさず釘を刺すイザークに、マリアンヌは満面の笑みを向けた。

そんなふたりきりで過ごしたわずかな時間を思い出しつつ、マリアンヌは水平線の上にうっすらと見え始めた陸の様子を船の先端から身を乗り出して見つめていた。

視線の先に見えるのは生まれ故郷であるヴェルネで、あと数刻待てば上陸できるだろう。数えてみればヴェルネの港でイザークの船に隠れてから一ヶ月弱の時間が過ぎていた。外国と言えば隣国のアマーティにしか行ったことのないマリアンヌには冒険とも言える長旅だ。

しかし今、この長い旅が終わってしまうのが惜しいような気がして、しんみりしてしまうのはなぜだろう。

ヴェルネにはイザークが先に連絡のための船を向かわせているので、その船が無事に到着していれば家族はマリアンヌの無事を知り、到着を今か今かと待ちうけているだろう。

それと同時に脳裏に父の怒ったときの形相が思い浮かぶ。普段は優しい人だが、悪いことをしたときはとても厳しい。姉弟三人の中で一番叱られる回数が多いのは当然マリアンヌで、そんなときは愛娘といえど説教が終わるまで亀のように首を竦めていたものだ。

自分がしでかしたことだしみんなに心配をかけたのだから、いつもより厳しく叱られたとしても仕方がない。

ただそのとばっちりでイザークが悪く言われないかが心配だった。

そんな心配事が山積みだから、旅を終わりたくないと思ってしまうのだろうか。

ふとマリアンヌはエーヴェでカリナとしたやりとりを思い出した。

カリナは初対面で爆弾発言をした翌日から、イザークの指示で毎日マリアンヌの話し相手として、王宮を訪ねてくるようになったのだ。

元婚約者を現婚約者の話し相手に呼ぶなんて、マリアンヌの社交力を信用しているのか、よほどデリカシーがないかのどちらかだが、イザークならどちらもありえると思ってしまった。

しかしこちらの顔色を窺うのが仕事の侍女だけでは満足のいく話し相手だとは言えなかったし、エーヴェのことを知るには対等に話せる相手が必要だった。

そしてなぜイザークが彼女を話し相手に指名したのか、すぐにその理由が判明する。

初対面のときもなんとなく感じたが、カリナはなんでもはっきりとものを言うのだ。

ヴェルネでもそうだが、貴族などある程度の身分がある人間は社交の場で本当の気持ちや考えをはっきり口にしない。特に女性はふんわりと曖昧にする傾向があり、マリアンヌはそれが苦手だった。

もちろん王女の公務中はなんとか取り繕うが、家族やディオンなど友だちの前ではそんな気を遣うことはない。

イザークはそんなマリアンヌの性格を見越して、歯に衣着(きぬき)せぬ会話ができるカリナを呼んだのだろう。

カリナはイザークの父の弟の娘、つまり王弟の娘でイザークには従妹に当たるから彼女もれっきとしたエーヴェ王族のひとりだ。

さすがに最初のお茶の時間はお互い澄まして探り合うような会話をしたが、すぐにそれが馬鹿らしくなった。

カリナは昔からイザークのことが好きらしく、マリアンヌが一番目、つまり正妃になるのはかまわないが、思い続けていれば自分にも出番がくるから、その時は気持ちよく受け入れろと当然の権利のように言うのだ。

子どもの頃から思い続けてきた婚約者を奪ってしまったのは申し訳ないが、あまりにも斜め上の思考に苦笑いを漏らしてしまう。

「でも、イザークは婚約者の皆さんに……その、お断りをしたって言っていたけれど？」

婚約破棄と言ったら傷つけてしまうかと思い優しい言い方をしたつもりだ。ところがカリナはそのことに対して、特に気にしている様子はない。

「それは元々王陛下や大臣が決めた、いわば政略結婚のようなものなので私は気にしませんわ。こうしてマリアンヌ様と仲良くしているうちに、お兄様が私の美しさや優しさに気づいて見初めてくださると思うんですの。そうしたらお兄様はきっと私を花嫁にと求めてくださるはずです。もしそうなってもお恨みにならないでね？　王子殿下の命令には逆らえませんもの」

そんなことをさらりと言いのけ、涼しい顔でお茶のカップに口をつけた。

「マリアンヌ様は早く王子をお産みになった方がいいわ。我が国は妻の順位に関係なく、生まれた順番で王位を継ぐことになっておりますの。万が一私に先を越されたら困りますでしょ？　私もヴェルネを敵に回したくはありませんもの」

まるで今すぐにでもイザークに求められるとでもいう自信たっぷりの口調に、嫌悪と言うより困惑して、それからそんなにも一途にイザークを思うカリナを可愛いと思った。

妹がいたらこんな感じなのかと想像するが、こんな変わった妹を持ったら大変そうだ。

「お兄様がマリアンヌ様と結婚なさるのは、やはり貿易でメリットがあるからでしょう？　ヴェルネは各国の関税と取引を管理する国だと聞いています。きっと国のことを考えてマリアンヌ様を花嫁にお選びになったのね」

こういうことを悪びれもせずさらりと言いのけてしまう妹はさすがに遠慮したい。

あまりにも失礼だと思うときは、マリアンヌも負けずに言い返すこともあったが、カリナにはあまり効果がないようだった。

「カリナ様、そこまで期待なさっているのに本当に申し訳ないのですが、イザークは妻は私だけと約束してくださっているの。叶わない望みのために若く美しい時間を無駄にさせてしまってごめんなさいね」

そうチクリと返しても、

「ふふふっ。マリアンヌ様って面白い方！　私たち仲良くなれそうね！」

そう言ってマリアンヌの手を取って笑うのだ。これでは腹を立てるだけ損というものだった。

毒は吐くがそれが本音なので、ある意味裏表がない。彼女の母親や乳母がその物言いを許していることが不思議だが、手に負えないと諦めているのかもしれない。

イザークもカリナの棘のある言葉を面白がっているところがあり、身内がそういう態度なら、こちらもそれに慣れていくしかないだろう。

まあ嫌がらせをされるとか、裏で悪い噂を流されるとかそういうことがないので、慣れてしまえばむしろ扱いやすい性格だ。

「私が二番目になったら、それ以上他の女性に目が向かないようにするつもりですから、マリアンヌ様はご安心なさって」

などロにしている分には可愛いものだ。

しかしカリナが口にするひとつひとつはマリアンヌも感じている不安ばかりでもあり、考えさせられることもある。

多分エーヴェの人々はカリナと同じようなことを考えていても口に出さないだけで、マリアンヌは正妃に座らせておいて、二番目三番目の妻に子どもを産ませればいいという人もいるのだろう。

カリナが口にすることは実際にこれから起こり得ることで、向き合っていかなければいけない問題だった。

イザークに結婚を申し込まれ、妻はマリアンヌただひとりと約束され舞い上がっていたが、国のための結婚という言葉も現実を思い知らされる。

自分とイザークは間違いなく恋に落ちて心を通わせ合ったと信じているが、イザークの父があっさりと結婚を認めてくれたのにはそういう意図もあるのではないかと勘ぐってしまう。

これまでマリアンヌには他国からの縁談が多く持ち込まれていて、どこの国も税関の国であるヴェルネに貿易の上で便宜を図ってもらいたいという意思が感じられた。

しかし父王はマリアンヌの嫁ぎ先だろうがなんだろうが、貿易上で特に便宜を図るような人ではない。

ヴェルネを通して輸出入されるものに問題があってはならないと厳しく検閲を入れ、また災害や天候不良などで大変な国の関税を一時的に安くするなど、父はどんなときも人任せにせず自分で吟味している。

娘の嫁ぎ先だから無条件で便宜を図るという不公平なことをする人ではないから、もしエーヴェにそれを期待されているとしたら見込み違いだ。

でもそのことを告げたら結婚を反対されるのではないか、すぐさま他の妻をと騒がれるのではないかと不安になる。

そんな不安も笑い飛ばせるのがカリナの思い込みの強い発言だった。

なんだかんだと失礼なことを言いながらも港まで見送りにも来てくれて、

「仕方がないのでお兄様のお相手として認めて差し上げますから、早くお戻りになってくださいね。こちらでの結婚式の準備は私にお任せください。エーヴェの威信をかけた素晴らしい式にするとお約束いたしますわ」

そんなことを言った。

「おい。あまり張り切るんじゃないぞ。おまえはなんでも派手にしすぎるきらいがあるが、俺もマリーも仰々しいのは苦手なんだ」

煌びやかなことが苦手なマリアンヌの性格をいつの間にか把握してくれているイザークは顔を顰める。

「あら私は派手な方が好きですのに。では私と式を挙げるときは思いっきり派手にしましようね！　なんなら三人で一緒に結婚式をいたしましょうか」

相変わらずの妄想発言にイザークはさらに渋い顔になり、マリアンヌは噴き出してしまった。

その時のことを思い出しクスクスと思い出し笑いをするマリアンヌの肩をイザークが抱き寄せる。

「なんだ、思い出し笑いなんていやらしいな」

「だって……出航のときのカリナ様のことを思い出したらおかしくなってしまって」

「三人で結婚式をするというあれか」

イザークはさも恐ろしいことを聞いたように肩を竦める。

「あいつは昔から思い込みが激しいんだ。歳も近いしあなたの話し相手にぴったりだと思ったのだが、あまりにも気に障ることを言うようだったら出入り禁止にするから言ってくれ」

「あら、一途で可愛いわ。できればその気持ちはあなた以外に向けて欲しいけれど」

「まったくだ。ほら、間もなく着岸するから下船の用意をしておけ」

イザークの言葉に頷き近づいてきた桟橋に目を向けると、近衛隊がずらりと並んで待機しているのが見える。多分その中心には父王がいるはずで、どうやら父はイザークを国賓として迎えてくれるらしい。

イザークが先にマリアンヌの無事を知らせる船を出してくれていたのは知っていたが、怒って出迎えなどしてくれないのではないかと心配していたので少しホッとする。

しかしひどく叱られることは覚悟しておかなければいけない。父の剣幕を思い浮かべて、マリアンヌは思わずため息を漏らしてしまう。

待ちに待った帰国のはずなのにため息をつくマリアンヌに、隣で同じように陸を見つめていたイザークが訝るような眼差しを向けた。

「どうした？　家族に会えるのが楽しみなのではなかったのか？」

「もちろんそれは楽しみなのだけれど……お父様に怒られることを考えたら少し、ね」

するとイザークは声を立てて笑った。

「あなたは向こう見ずで考えなしのところがあるから、少しお父上に絞られた方がいい」

「ひどいわ！」

ついふくれっ面になるマリアンヌの頬に、イザークは笑いながら口づける。

「まあそのおかげであなたが俺の船に転がり込んできたのだから、ちゃんと助けてやる。安心しろ」

イザークはそう言うとまた笑う。その笑顔は緊張していたマリアンヌの気持ちを解きほぐしてくれ、彼を家族に紹介するのが楽しみになった。

しかしいざ船が着岸してみると、なかなか下船の運びが整わずマリアンヌはイライラしながら桟橋を見下ろした。

　イザークの話ではエーヴェよりもヴェルネの方が入国に厳しいらしく、色々確認があるらしい。

　王女の帰国なのだからもう少し考えてくれればいいのにと父を恨む反面で、どんな相手にも便宜を図らない公正な人なのだと改めて父を見直すことにもなった。

　いよいよ下船のための階段が取りつけられ、マリアンヌは迎えの人々の先頭に立った父の姿を見た瞬間胸がいっぱいになった。誰かの顔を見てこんなにも懐かしくて嬉しい気持ちになるのは生まれて初めてだ。

　感極まったマリアンヌは集まった人々の目があることも忘れて階段を駆け下りると、父の首に抱きついた。

「お父様！」

　そう口にするのが精一杯で、父王の首にしがみついたとたんそれ以上は言葉にならず嗚咽に変わってしまう。

　本当は心配をかけてしまったことを謝罪して、きちんとイザークを紹介して結婚を認めてもらおうと思っていたのに、そんな段取りなど頭の中からすっかり消えてしまっていた。

　父はしばらく黙ってマリアンヌを抱きしめたあと、背中を優しく叩いた。

「ずいぶんと長い散歩だったたな」

その言葉にマリアンヌは父が自分を心配してくれていたことを感じて、顔を上げ唇を笑みの形に引き上げた。

「……ええ、お父様に贈り物を探すのに手間取ってしまって。遅くなってしまってごめんなさい」

マリアンヌの言葉に、王は怒る気も失せたのか仕方なさそうにため息をついた。

「まったくおまえは本当に私の嫌な部分ばかり似ているな。よく無事で戻った」

今度は王の方から愛娘の身体を強く抱きしめた。

「お母様は？」

マリアンヌは父の胸の中で顔を上げて尋ねる。母は気が強い人だが、涙もろい人でもあるのだ。マリアンヌの行方不明を知って、きっと胸を痛めて泣いただろう。そう思うと早く母にも謝罪したかった。

マリアンヌの問いに、父王は訳知り顔で口を開く。

「おまえの無事が知らされるまでは憔悴していたが、無事だとわかったとたん今度は」

「今度は……？」

「今までにないような剣幕で怒っている」

その唇がニヤリと歪むのを見て、マリアンヌは肩を落とす。

父の話では母も少女時代はマリアンヌ並みにお転婆だったので、夫婦喧嘩となると父が折れるまで意見を変えないほど頑固なところがあるのだ。

「……やっぱり……お母様のところにご挨拶に行くのはもう少し後にしようかしら……？」

「そんなことをしたら火に油を注ぐぞ？　これでも私とリュックでずいぶんと宥めておいたんだ」

「……」

と言うことは再び火が燃え上がる前に自分で消せということだ。イザークを一緒に連れて行くか、それともミレイユに一緒に謝ってもらうか、どの方法が一番最適だろう。

真剣に母の機嫌を直す方法を考え込むマリアンヌを見て、王が苦笑する。

「それよりいつ彼を紹介してくれるつもりだ？」

その言葉に、自分がすっかりイザークの存在を忘れていたことを思い出す。慌てて振りかえると、恋人に存在を忘れ去られていた男が途方に暮れた顔で立っていた。

「やっと思い出したか」

怒ってはいないようだが、可哀想なことをしてしまったと反省する。

自分がエーヴェについたとき異国の見知らぬ人ばかりで不安だったのと同じように、イザークも居心地が悪いはずなのに。

つい先日自分が不満に感じたことをすっかり忘れてしまうなんて、まさに喉元過ぎればなんとやらという奴だ。

「イザーク、来て」

マリアンヌは謝罪と愛情を込めてイザークに手を伸ばす。こうして手を繋いで紹介すれば、父に自分がどれだけイザークを大切に思っているか伝わると思ったのだ。

「お父様、こちらが私を助けてくださったエーヴェのイザーク王子です」

「ヴェルネ王にお目にかかります。エーヴェのイザークと申します。このたびは我が国の船の入港を許可していただきありがとうございます」

膝を折ろうとするイザークを見て、王がそれを留める。その代わりに手を差し出し握手を求めた。どうやら国同士同等の立場だという意思表示のようだ。

マリアンヌは彼が珍しく緊張している様子が気になっていたが、王の言葉にその横顔がわずかに緩んだような気がした。

「このたびは娘が迷惑をかけた。貴公が先に詳細を送ってくれたことで、私も王妃も安堵することができたのだ。心から感謝する。マリーのことだから、行方不明だった間にたくさんの武勇伝を作ったのだろう？　是非伺いたいものだ。どうかゆっくり滞在していってくれ。それと貴公の手紙に書かれていたことについて了承した。私の方では少しでも早く、明日にでもと思っているが」

「ありがとうございます。我が父からの書状も持参しておりますので、後ほどお届けいたします」

「ああ。明日の準備で忙しいだろうが、晩餐のときにでも」

ふたりが固く握手を交わすのを見てホッとため息を漏らす。手紙に書かれていたという準備とはなんのことだろう？　あとでイザークに聞かなければと思いながらずらりと控えている近衛隊に視線を向ける。

その姿を見てディオンがどうなったのか心配になる。予科生の彼がここにいないのは仕方がないとしても、あのあと父に叱責されたり、罰を与えられてはいないだろうか。

「あの、お父様？　まさかディオンに厳しい罰を与えたりしてないわよね？」

もしそうなら全力で彼の信用を回復する努力をしなければいけない。すると父はあきれ顔でため息をつく。

「当たり前だ。そもそもおまえがディオンを巻きこんだのだろう。ミレイユの話では最初からお忍びに反対してくれていたようだし、ミレイユを守り無事に城に送り届けてくれたのも彼だ。私からのねぎらいも込めて、ディオンは次回の近衛隊入隊試験を免除することにした」

「よかった‼　ディオンはきっといい隊員になるわ。子どもの頃から一緒に鍛錬をしている私が保証します！」

はしゃいだマリアンヌの言葉に、父王は厳しい眼差しを向けぴしゃりと言った。

「調子に乗るんじゃない。ミレイユなどおまえが一向に城に戻らず、とうとう行方不明とわかったとたんショックのあまり寝込んでしまったのだぞ。早く城に戻って元気な顔を見せてやれ。今はエリック王子が付き添ってくれている」

「まあ、エリック王子はまだいらっしゃるの？　とっくにアマーティにお帰りになったものだと思ったわ」

確か王太子任命式が終了したので、あと数日で帰国すると言っていたはずだ。

「馬鹿者。気落ちしてしまったミレイユにずっと付き添ってくれているんだ。おまえはたくさんの人に心配をさせ迷惑をかけていることを自覚しろ」

「……はーい」

マリアンヌは小さな声で返事をすると、イザークに向かって首を竦めて見せた。

父の指示でマリアンヌとイザークは馬車に乗り込み城へと向かったのだが、どこへ行っても大騒ぎで、いちいちそれに付き合わされるイザークに途中から申し訳なくなった。

まず馬車を降りたとたんミレイユが飛び出してきてマリアンヌの首に抱き付いた。

本当は桟橋まで出迎えに出たいと申し出たが、人前で大泣きをされては敵わないと、父に城で待つように言われたそうだ。

そして父の判断は懸命で、ミレイユはマリアンヌの胸に身を投げ出して盛大にワンワンと大泣きをした。

続いて乳母が駆けてきて、いつも世話をしてくれている侍女たちにも囲まれた。なんとかみんなを宥めて城の中に入ったと思うと今度は母がたくさんの侍女たちを引き連れ長い廊下を走ってきて、マリアンヌの前に立ち止まったかと思うと、なんと平手打ちをされた。

「みんながどれだけ心配したと思っているのです!!」

さすがにそれに驚いたイザークが間に入ってくれ母も冷静さを取り戻したようだが、その目は涙に濡れていてマリアンヌは改めて罪悪感で胸がいっぱいになった。

この騒ぎの間中イザークは蚊帳の外で、あとで散々その時のことを愚痴られてしまった。そしてイザークと同じように蚊帳の外にいたのが、ミレイユの婚約者エリックだった。

普段はお互い皮肉を言い合ったりしてマリアンヌの好敵手なのだが、さすがに今回は迷惑をかけてしまったので、女性たちの騒動が一段落したところで頭を下げる。

「エリック、私のせいで帰国できなかったそうね。ごめんなさい」

「そんなしおらしいことを言うなんて気持ちが悪いですね。嵐でもくるんじゃないですか？」

相変わらずの口調に思わず顔を顰めるとエリックが深く息を吐き出す。

「まあ……未来の義妹が無事でよかったです」

心から安堵したという声音にしんみりとしてしまい、マリアンヌが腕を伸ばしてエリックに抱きつくと、彼もギュッと抱き返してくれる。

「おかえりなさい、マリー」

「本当にごめんなさい」

マリアンヌはもう一度そう呟くとエリックの顔を見上げた。

「エリックも元気そうでよかったわ。私がいない間、お姉様を支えてくださったのでしょう？」

「もちろんです。あなたがいないおかげで彼女も僕に頼るようになったし、むしろあなたが行方不明になってくれて感謝していますよ。近々嬉しい知らせができるのではないでしょうか」

周りに聞こえないよう、唇を耳に近づけてエリックが囁いたので、マリアンヌは目を丸くする。

「本当？」

小さな声で尋ねるとエリックも微かに頷いたが、その顔はなにかを企んでいるようで、決して婚約者の話をしているようには見えない。

「エリック。あなた今すごく……悪い顔してるわよ。まさかミレイユにひどいことをしたんじゃないでしょうね？」

エリックは見た目は貴公子然としていて知らない人は理想の王子様だと勘違いをするが、実は策略家で腹黒いところがある。ミレイユには優しいのに、興味のないマリアンヌには用がないとばかりに雑に扱うのだ。

彼は子どもの頃からミレイユのことを気に入っていて彼女にだけは今も貴公子の顔で接していて、マリアンヌとは格段に扱いが違っている。

そしてそんなにもわかりやすい好意を寄せられていても、自分に自信のないミレイユはその気持ちに気づいていないという状態が長く続いていたのだ。

ふたりはなにがあっても結婚するのだからいつか気持ちが通じ合うと思っていたが、結婚前にそれが叶うのならエリックは嬉しいだろう。

まあ喜んでいる割には、いやらしい顔をしていた気もするが。

「ミレイユは私たちと違って内気で優しい子なの。ひどいことをするつもりなら私は全力で結婚に反対しますからね！」

「わかっていますよ。それより僕たちのことはミレイユから君に話すまで気づかないふりをしていてくださいね。いい子だから」

エリックが大きな手でマリアンヌの頭を撫でる。

「もう！　仕方のない人‼」

マリアンヌがそう言ってエリックを睨みつけると、イザークの声が割って入る。

「マリー、紹介してくれないのか」

その声音はいつもより硬い。マリアンヌはドキリとして慌ててエリックの腕の中から抜け出した。

「お待たせしてごめんなさい。姉の婚約者でアマーティのエリック王子よ。エリック、こちらは」

「存じあげています」

外面のいいエリックは笑顔でマリアンヌの言葉を引き取った。

「エーヴェのイザーク殿ですね。このたびはマリーと結婚されると聞きました。おめでとうございます」

その言葉に今度はマリアンヌがギョッとする。

「結婚って……お父様はエリックにそんなことを言ったの？」

「僕が聞いたのはイザーク殿から連絡がきて、今すぐ結婚式を挙げなければならない関係になったので、ヴェルネについたらすぐにでも挙式できるよう許可をいただきたいって手紙に書かれていたと」

「ええッ⁉」

先ほどの手紙の内容というのはこのことだったのだろうか。というか、それが本当だとしたらあまりにもあからさますぎて、もう父と顔を合わすことなどできない。

普通恋人の父親に〝今すぐ結婚式を挙げなければならない関係になった〟などとはっきり告げるだろうか。結婚前の娘に手を出したと知れば怒り狂う父親だっているのに、イザークは怖いもの知らずすぎる。

ショックを受けるマリアンヌに、エリックはさらにとんでもない情報を教えてくれる。

「ミレイユが張り切ってあなたのウエディングドレスを用意していましたよ。あなたたちはサイズがほとんど同じですからね。急すぎて大聖堂の準備は間に合わないけれど、クリスタルチャペルならすぐにでも使えるからと連絡がきてからは、飾り付けをするためにチャペルと城の間を行ったり来たりしていますね」

「……」

クリスタルチャペルは両親も結婚式を挙げた海のそばの教会で、水晶の装飾がふんだんに使われている美しい建物だ。海に面した壁は一面ガラス張りになっており、碧い海をどこまでも見渡すことができる。

両親が結婚式を挙げたクリスタルチャペルで結婚できるのは嬉しいが、それがいつなのかが問題だ。

確か父は手紙の件は明日にでも、と言っていたはずだ。つまり明日にでもイザークと結婚式を挙げることになっているらしい。

イザークとは結婚するつもりでいたが、このような形で勝手にお膳立てされているとは思わなかった。というか、イザークが父に急使を向かわせてくれたときはまだ結婚するかどうかはっきりしていないときで、マリアンヌに拒絶されたらどうするつもりだったのだろう。

「マリー？」

　黙り込んでしまったマリアンヌを見て、男性ふたりが不思議そうに顔を覗き込んでくる。

「……私、結婚するの……？」

　突然現実が襲ってきて思考がついていかずそう口にすると、イザークとエリックはニヤニヤと癇に障る笑いを浮かべ、意味ありげな視線を交わし合う。

「な、なによ……そんないやらしい笑い浮かべて」

「いや、明日あなたのウエディングドレス姿が見られるのを楽しみだと思ってな」

「本当ですね。まさかマリーに先を越されるとは思いませんでしたが」

　初めて会ったのに息の合ったふたりの様子に、マリアンヌはがっくりと肩を落とした。

　どうやら明日の結婚式は避けられないらしく、ミレイユが中心となった女性陣に拉致されるように連れて行かれて、結婚式のための準備をすることになった。

　エリックの言う通りすでにウエディングドレスの仮縫いは終わっていて、明日の朝までに手直しして間に合わせるという。

　その他にもアクセサリーや手袋、髪飾りや下着までがたくさん用意されていて、その中から順番に好みのものを選べというのだ。

「下着なんてどれでも同じでしょう？」

途中で嫌になったマリアンヌが呟くと、ミレイユに厳しい眼差しを向けられる。

「またそんなことを言って。いい？　結婚式は一生に一度のことなの。王族の結婚となればどんなに時間をかけても足りないのに数日で準備しているのよ。ちゃんとしてちょうだい。本当はドレスだってあなたに選んで欲しかったんだから」

大人しいミレイユにこんな熱量があったのかと思うほどの勢いに、マリアンヌは黙って従うしかなかった。

やはり自分の結婚式が近いからその準備にも興味があるのだろうか。エリックはミレイユが話すまで待てと言ったが、ふたりがどれぐらい親しくなったのかが気になる。

どんな結婚式を思い描いているかぐらい尋ねてもいいだろう。マリアンヌは鎌をかけるつもりで話題を振ってみる。

「ミレイユはどんなドレスがいいの？　お式はアマーティでするでしょうから、向こうの流行に合わせた方がいいのかしら」

マリアンヌは何気ない会話として口にしたつもりだが、それまで笑顔だったミレイユの顔がサッと曇る。

「わ、私は……いいのよ。私たちはいつ結婚するのかもわからないし。それに明日の主役はあなたでしょう？　さ、今度は靴下留めを選んでちょうだい。私のお勧めはこれ」

まるで無理に明るく振る舞っているような上擦った声に、マリアンヌは心配になった。

十八年、母のお腹にいるときからの付き合いで、お互いのことを一番理解しているのはお互いだと思っている。だからこそミレイユが話をはぐらかそうとしているのは一目瞭然な上に、彼女が必死でそれを隠そうとしていることもわかってしまう。

ここで無理に問い詰めるとさらに頑なになってしまうのがミレイユで、マリアンヌはあとでふたりきりになったときに話を聞こうと心に決めた。

しかし帰国したばかりのマリアンヌの周りには乳母や侍女たちが集まってきて甲斐甲斐しく世話を焼くものだから、なかなかミレイユとふたりきりになる機会がなかった。

まるで明日の結婚式を前にマリアンヌがまたどこかへ行ってしまわぬよう監視でもしているようだ。

結局その日はミレイユとふたりきりになれずに結婚式の朝を迎えることになってしまった。

朝から乳母や侍女たちがつきっきりで肌の手入れなどを始めたのだが、ミレイユは朝から一度も姿を見せない。

最初は自分の支度で忙しいのかと思っていたが、昨日あんなに張り切っていたミレイユが仕上がりを確認しに来ないなんてやはりおかしい。

やがて下着やコルセットを着せかけられ、あとは仕上げのドレスだけという時間になってもミレイユは姿を見せない。さすがに心配になったマリアンヌはふたりの部屋を繋ぐ扉を振り返った。

マリアンヌとミレイユの部屋は隣り合わせで、内扉で繋がっており鍵がない。子どもの頃からふたりは自由に行き来をしていた。

マリアンヌはドレスに着替える前に彼女の顔を見ようと、コルセットにガウンを羽織った姿で隣の部屋の扉を開いた。

「ミレイユ？」

いつものように返事も待たずに部屋へ踏み込むと、ソファーに座っていたミレイユがビクリと肩を震わせパッと顔を上げた。

その目は真っ赤になっていて、なにかあったのは一目瞭然だ。

「どうしたの？　泣いていたの？」

マリアンヌは慌てて姉に駆け寄った。

やはり昨日様子がおかしいと思ったのは間違っていなかったらしい。マリアンヌは優しく姉の肩を抱いた。

「ねえ……もしかしてだけれど、エリックとなにかあった？」

エリックはなにも聞くなと言ったが、ミレイユが泣くほど悩んでいるのなら話は別だ。

マリアンヌの中の優先順位の一位はいつでもミレイユなのだ。

「ミレイユ、なにがあったのかちゃんと話して。あなたが言わないのならエリックに直接聞きに行くわよ？」

マリアンヌの強い口調に、ミレイユは震え上がって首を何度も横に振った。

「ダメ！　それだけは絶対にやめてちょうだい‼」

「じゃあちゃんと話して。まさかエリックになにかひどいことをされたんじゃないでしょうね？」

「……」

再び黙り込んでしまったミレイユに、マリアンヌは苛立ちを覚えた。こんな状態のミレイユを残して自分だけイザークと幸せになることはできない。どうすれば姉は話す気になるのだろうか。

するとミレイユは覚悟を決めたように顔を上げると、マリアンヌの手をギュッと握りしめた。

「お願い……私の代わりにエリック様の気持ちを確かめて欲しいの」

「確かめるって」

「子どもの頃よくやったみたいに、マリーが私のふりをするの。あなたがエリック様に私のことを本当はどう思っているのか聞いてちょうだい」

「……」

ミレイユはこんな突拍子もない提案をする人ではない。そういう提案をするのは子どもの頃からいつもマリアンヌの方で、彼女はそれに反対する側なのだ。そのミレイユが大人になった今になってそれを提案してくるのは、よほど気持ちに余裕がなく、切羽詰まっているのだろう。

もう間もなく着付けをしてチャペルに向かわなければいけない。しかし愛する姉をこのままにしておくわけにはいかなかった。

こんなことを父に知られたら今度こそ大目玉を食らうとわかっているが、やはりミレイユのために自分が動くしかなかった。

マリアンヌは急いで頭の中で作戦を組み立てる。

「ではこうしましょう。あなたが今日着るドレスを私が着るわ。手伝って。まさか花嫁の私が普通のドレスを着るわけがないからきっと短い時間話をするぐらいなら誤魔化せるでしょ。私がドレスに着替えたら、隣の部屋に行ってエリックを部屋に呼ぶように侍女に言い付けるの。あなたは向こうの部屋に隠れていればいいわ」

マリアンヌの提案に、ミレイユはコクコクと何度も頷いた。

「あまり時間がないから急ぎましょう」

マリアンヌはガウンを脱ぎ捨てると、ミレイユが今日のために準備してあったドレスを身に着ける。

「マリー、おかしなことを頼んでしまってごめんなさい」

「エリックにあなたのことを本当はどう思っているのか聞けばいいのね？」

ミレイユが再び何度も頷くのを見てマリアンヌはため息をついた。

「本当は事情をしっかり聞きたいところだけど……」

そうぼやきながらも、少しでもしとやかに見えるように期待しながらソファーに腰を下ろした。

ミレイユが隣の部屋に入っていって程なくして、外廊下の扉が叩かれ、すでに正装をしたエリックが姿を見せた。

マリアンヌは口を開きかけすぐに噤む。正体に気づかれるのを遅らせるためにはなるべく口を開かない方がいいと思ったのだ。

ミレイユらしく見えるようにと祈りながらサッと目を伏せた。

「ミレイユ？　突然話があるなんてどうしたんですか？」

入ってくるなり、エリックは当たり前のようにマリアンヌの隣に腰を下ろす。当然その位置は自分の場所だとわかっている慣れた仕草にマリアンヌはドキリとした。

このふたりはどこまで関係が進展しているのだろう。自分がエーヴェに行くまでは、本当に婚約しているのかと心配するぐらい距離のあるふたりだったはずだ。

「なにか、心配事ですか」

エリックがサッと手を伸ばしマリアンヌの手を握りしめる。そしてその手を引き寄せて、指先に唇を押しつけた。

「……ッ‼」

ビクリと身体を震わせると、エリックはさらに手の甲にも口づけてくる。その親しげな様子は、ふたりが特別な関係に進んでいるのを示していて、それを想像したら自然と顔が赤らんでくる。

自分とイザークはそれこそ最後まで関係を結んでいるが、だからこそこれが親しい間柄の相手にする仕草だと今ならわかってしまうのだ。

「エ、エリック……！」

さすがにミレイユのふりとはいえ、口づけがこれ以上進んだらまずい。マリアンヌは慌ててエリックの手から自分の手を引き抜いた。

「ミレイユ？」

エリックの瞳に浮かんだ傷ついたような光に罪悪感を覚えたが仕方がない。このままではすぐに気づかれてしまうと思い、マリアンヌは目を伏せたまま口を開いた。

「ええと……あのぅ……エリック様に聞きたいことがあって」

「おや、なんでしょうか？　あなたの質問にならなんでもお答えしますよ」

ミレイユ専用のロイヤルスマイルを向けられ、気づかれなかったようだとホッとしたときだった。

「その前に今日の分のキスを」

「ええッ!?」

　エリックはギョッとするマリアンヌの腰に手を回すと、手慣れた仕草で胸の中へと引き寄せた。微笑みながら顔を傾けると、もう一方の手をマリアンヌの頬に添える。

　近づいてくるエリックの整った顔にマリアンヌは悲鳴をあげた。

「エ、エリック！　ちょっと待って!!」

　背を反らし、すんでのところで彼の唇に手のひらを押しつける。するとマリアンヌのあまりの慌てぶりに、エリックが弾けるように笑い出した。

　傍若無人とも言える笑い方に、マリアンヌはもしやと思いエリックの顔をまじまじと見つめた。

「も、もしかして……気づいていてこんなことしたの？」

「そうですよ。いくらあなたたちが似ているとしても、婚約者を間違えるわけがないでしょう。そもそもあなたたち姉妹は顔かたちはそっくりでも雰囲気や立ち振る舞いが違います。ミレイユなら僕が手に口づけたとしても、あんなふうに雑に手を離したりしません。顔を真っ赤にして可愛らしく離して欲しいと懇願するはずですから」

「……」

　ミレイユのことなら自分の方がわかっているという言い方は癇に障るが、確かにエリックの言う通りだった。

そもそも自分がミレイユのふりをするという作戦自体が間違っていたのだ。

「それで？　どういう経緯でこんな悪戯を思いついたんです？　ただでさえ行方不明事件で王宮を大騒ぎに巻きこんだのに、ご自分の結婚式にまだなにかしようとでも思っているんですか？」

まるでマリアンヌがいつも事件を起こしているように聞こえるが、今は時間がないので抗議している余裕はない。仕方なくマリアンヌは経緯を説明することにした。

「言っておきますけど、これは私のアイディアじゃなくてあなたの婚約者のお願いを聞いただけですからね」

「ミレイユの？」

「ええ。あなたがあの子になにをしたか知らないけれど、私にあなたが自分のことをどう思っているか、ミレイユのふりをして確かめて欲しいって頼んできたの。まあ私もふたりの関係がどうなっているか気になっていたし、泣いているミレイユを見たら私だけ幸せになれないって」

マリアンヌの訴えに、エリックは呆れたようにため息をついた。

「まったくあなたたち姉妹は……」

そう呟いて小さく肩を竦めた。

「ねえ、あなたたち本当にどうなっているの？」

しかしマリアンヌの問いなど聞こえない顔でエリックは満面の笑みを浮かべる。

「とにかく事情はわかりました。彼女がそういう気持ちでいてくれて僕も嬉しく思います」

そういう気持ちとはなんのことだろう。気のせいかもしれないが、なぜか彼の笑みが歪んでいるように見えて気になったが、これ以上は話してくれなさそうだ。

「とりあえずあなたは部屋に戻って支度をした方がいいでしょう。ミレイユからはあとでゆっくり話を聞きます」

「ふたりともあとで話すって、私だけ蚊帳の外に出されて協力だけしろなんて勝手すぎるわ！」

事情を聞くまでは意地でも動かないというマリアンヌの顔を見てエリックはため息をついた。

「わかりました。少しだけですよ？」

「ええ！」

「僕らが発表するまで誰にも」

「わかってるってば！　時間がないのだから早くして」

相変わらず気の短いマリアンヌに苦笑しながら、エリックは仕方なさそうに口を開いた。

「あなたとイザーク殿と同じですよ。今すぐにでも結婚式を挙げなければならない関係です」

「え……」

マリアンヌは一瞬言葉を失い、それから意味を理解して真っ赤になった。

あの慎重でお堅いミレイユがそんなことを許したなんて信じられない。

「さあ、これ以上は式のあとまでお預けです。ミレイユにはすぐにバレてしまって質問もできなかったと言っておいてください。いつもの悪戯だと思われて怒られたとでも言っておけば彼女も信じるでしょう」

エリックに追い立てられて部屋に戻ったマリアンヌは、教えられた通りにミレイユに伝え謝罪した。

すると作戦が失敗したというのに、ミレイユはホッとした顔になる。

「これでよかったのだわ。やっぱり自分のことは自分で話をしなければいけなかったの。あなたを向こうの部屋に残してきてしまったことを後悔していたのよ」

「でも……私あなたの力になりたかったのに」

「ありがとう。あなたの晴れの日に余計な心配をさせてしまってごめんなさい。イザーク様と幸せになってね」

ミレイユはそう言ってくれたが、マリアンヌはいまや自分の結婚式よりふたりのことが気になって仕方がなかった。

「さあさあ王女様方！　おしゃべりはいい加減にしてくださいませ。本当に結婚式に間に合わなくなってしまいます‼」

これ以上我慢できないと乳母が割って入ってきて、話を続けることはできなかった。

ウエディングドレスに着替えたマリアンヌは乳母に付き添われて、馬車でクリスタルチャペルに向かった。

生まれて初めてと言っていいほど飾り立てられチャペルに到着してもなお、まだ今日が自分の結婚式であるという実感はない。

そもそも一ヶ月も行方不明になっていた王女が、帰国した翌日に結婚式を挙げるというのはなかなかセンセーショナルな出来事で、しきたりにうるさい一部の貴族たちの間では問題になっていたようだが、そんな話はひとつもマリアンヌの耳には届かなかった。

父がかばってくれたこともあったが、親しい人たちが次から次へと祝いを述べに来てくれるので、負の言葉は耳に届く隙もなかったらしい。

マリアンヌの自室には昨夜からたくさんの貴族からの祝いの品や花が部屋いっぱいに届いていたが、チャペルの控え室にも溢れんばかりの花が届けられていた。

その花を見ていたら結婚式も始まっていないのにドッと疲れが押し寄せてきて、支度をしてくれていた侍女たちを下がらせる。

朝からたくさんの人に囲まれた上にミレイユの心配事にまで首を突っ込んでしまったので、せめて式の前にひとりになって気持ちを落ち着かせたかったのだ。

昨日からろくにイザークと顔を合わせていない。晩餐では少し話ができたが結婚式の前夜は家族で過ごすものだという父の言葉に従い、みんなでお茶を飲んでおしゃべりをした。

しかも弟のリュックが一緒に寝るのだと言い張って部屋まで押しかけてきた。そして真夜中まで色々な話をし、気づいたら朝になっていて乳母にたたき起こされた。それに加えてミレイユの涙だ。

みんながマリアンヌの帰国を喜び結婚を祝ってくれているのはわかるが、正直昨日からバタバタしていて、これからイザークと結婚するのだという実感がわかない。本当に彼と結婚するのだろうか。

ほんのひと月ほど前のことなのに、イザークの船に迷い込んで彼や船員たちと旅をした日々が懐かしく思える。

嵐には遭ったけれどほとんど毎日が穏やかで、自分が王女だという身分も忘れて笑い合って過ごす時間はとても楽しかった。そもそもこんな盛大な式を挙げずとも、イザークと一緒にいられれば、形式などマリアンヌにとってはどうでもいいことだった。

まあ今さら結婚式をやりたくないなどと言えないし、両親やミレイユが一生懸命準備してくれた式を放棄することはできなかった。

「……」

これが俗に言うマリッジブルーという奴だろうか。しかしプロポーズされてから結婚式まで数日しかなかったので、ブルーになるほど感傷に浸る暇があったとも思えない。

やはり自分は人に囲まれてワイワイ賑やかにしている方が性に合っている。そろそろ侍女を呼び戻して仕上げをしてもらおう。

そう思い呼び鈴を手に取ったタイミングで扉を叩く音がして、扉の向こうからディオンがひょっこりと顔を覗かせた。

「……マリー」

いつものように愛称でそう呼んだあと、なぜか扉のところで言葉を失ってしまう。その様子がなんとなくおかしくて、マリアンヌはクスクス笑いながらもう一度ディオンを招き入れる。

「どうしたの？　ディオン、入っていらっしゃいよ。お祝いに来てくれたのでしょう？」

その言葉にやっと我に返ったのか、ひとつふたつ瞬きをして、キョロキョロ部屋の中を見回しながら部屋に入ってきた。

「侍女たちなら下がらせてあるの。ちょっとひとりになりたくて。でもだめね。私は賑やかな方が性に合っているみたい。あなたが会いに来てくれてよかったわ。他のみんなは？」

近衛隊や予科生の中にはマリアンヌの幼馴染み、つまり鍛錬仲間がたくさんいて、みんな貴族の子弟だからこの結婚式かそのあとの披露パーティーに招かれているはずだ。彼は侯爵の息子で身分も高いから人数制限のある式から出席するのだろう。

「あ、ああ……みんな祝いを言いたがっていたんだが、式の前に大勢で押しかけると迷惑だろ。だから俺が代表で」

ディオンの視線がいつものように真っ直ぐ自分を見ていないような気がしたが、マリアンヌはずっと伝えたかった謝罪を口にする。

「来てくれてありがとう。あなたに会えてよかったわ。お詫びを言いたくて仕方がなかったの。迷惑をかけて本当にごめんなさい。それからミレイユを守ってくれてありがとう」

「あ、ああ」

「私が結婚すればもうあなたに迷惑をかけることはないでしょうから、今回のことは私への結婚祝いだと思って許してね」

「……ああ」

なにを言ってもうわの空のような気がして首を傾げる。やはりまだ怒っているのだろうか。

「ねえ、今日は様子がおかしくない？　やっぱりまだ怒っているのでしょう？」

「いや……その、今日はミレイユ様がいらっしゃらないのだと思ったんだ。いつも一緒にいるおまえが行方不明だと聞いて、ずいぶんと心を痛めていらっしゃったんだぞ」

「エリックに聞いたわ。それにしてもミレイユだって幼馴染みなのに様付けで呼ぶのね。私は呼び捨てにしたりおまえ呼ばわりするのに」

「それは……おまえが昔、これから様付けで呼んだら金輪際口をきかないって言ったんだ」

「そんなこと言ったかしら」

もちろん記憶に残っているが、マリアンヌはわざとおどけて笑って見せた。様子がおかしく見えたのは気のせいだったらしい。

「とにかくみんな無事でよかったわ。あの時人攫いに追いかけられていたときはどうなることかと思って」

さも面白かった遊びのようにマリアンヌがあの話を口にしたときだった。

「よくない」

マリアンヌの言葉をディオンが大きな声で遮った。

「ディオン？」

「あの時好きな女をひとりで行かせてしまった俺の気持ちなんて……マリーがいなくなって俺がどれだけ心配したかなんて、おまえにはわからないだろ！」

責めるような強い口調にマリアンヌは言葉を失った。

——好きな女？　ディオンの声は低く沈んでいるのに、やけにはっきりとマリアンヌの耳に届く。

ディオンは自分のことを好きだと言いたいのだろうか。幼友達としてではなく、女性として好意を寄せてくれていたのだろうか。

「あ、あの……」

思いがけない言葉に戸惑っていると、ディオンはマリアンヌが座るソファーの前に跪き膝の上の手を握りしめる。

「マリー……本当にエーヴェの王子と結婚するのか？」

「え？」

「もし傷物にされたとか国同士のしがらみと言った理由で結婚しなければいけないのなら今すぐやめるんだ。そんなことなら俺と結婚してくれ」

年齢的にはひとつ年下だがしっかり者のディオンはよき友人で、今までそんなふうに考えたことはない。

いつもの冗談のひとつであって欲しいと思うが、マリアンヌを見つめるディオンの眼差しは真剣で、冗談を言っているようには見えなかった。

「俺ならおまえのことをなんでも知っているし、わがままだってなんだって聞いてやる。異国の王族になんて嫁いだら今までみたいに自由にできないし、お忍びで出かけたりもできなくなるぞ。そんな窮屈な生活はおまえには似合わない。今ならまだ間に合うから俺と一緒に行こう‼」

ディオンはそう言うと立ち上がりマリアンヌの腕を引く。

「ま、待って！　ディオン、落ち着いてよ！」

このままでは本当に連れ出されてしまいそうな勢いに、マリアンヌはなんとかそこに留まろうと足に力を入れる。ディオンが本気になったら軽々抱きあげられてしまいそうな気もしたが、誰かが来るまで時間稼ぎができればいい。

「聞いて、ディオン。私は嫌々結婚するわけじゃないわ。むしろイザークに出会うまでは別に結婚なんてしなくてもいいと思っていたの。でもイザークと知り合って彼という人をよく知るようになって気持ちが変わったのよ」

「嘘だ！」

そう叫んだディオンの目はギラついていて、いつもとは様子が違う。切羽詰まった雰囲気に、マリアンヌは今度こそ身の危険を感じた。

「そんなの気の迷いに決まってる。ひとりで外に出て初めて見た男があいつだったから刷り込まれているだけだ。考え直すんだ。俺と一緒に来ればわかるはずだ。俺ならおまえをなんだって自由にさせてやる」

さらに強く腕を引っぱられて、マリアンヌは悲鳴をあげた。

「ディオン、痛いわ！」

マリアンヌが痛みのあまり涙目になったときだった。

「いい加減にしろ、俺の花嫁が嫌がっているのがわからないのか」

力強い声と共にイザークが部屋の中に飛び込んできた。サッと部屋を横切ったかと思うとディオンの腕を捻り上げ、ディオンはその痛みにマリアンヌの腕を離す。

イザークが来てくれたことにホッとして、マリアンヌはらしくもなくその場にへなへなと膝を折ってしまった。

「大丈夫か？」

優しく抱きあげられて、マリアンヌはイザークの首にしがみついた。

「本当なら式の前にあなたの顔を見るのはしきたりに反すると思ったのだが、昨日からまともに話せていなかったからどうしても顔を見たくなったんだ。来てみてよかった……」

最後は小さく呟くと、イザークはマリアンヌのこめかみに唇を押しつけた。

「おまえは彼女の扱い方がわかってない」

マリアンヌを腕に抱いたまま、イザークはディオンを睨めつける。

「自由にさせてやるのが幸せだと思うなんて、ずいぶんエゴイストなんだな」

「どういう意味だ！　俺たちは昨日今日の付き合いのおまえとは違う。自分の方がマリアンヌのことをわかっているような顔をするな！」

今にも摑みかからんばかりのディオンの剣幕にマリアンヌはビクリと肩を揺らす。彼がこんなふうに誰かに食ってかかるのを見るのは初めてだった。

「おまえは自由にさせてやると言っただろう。それはただ自分の理想を押しつけてマリアンヌを支配したいだけだ。確かに王女という身分を気にせず伸び伸びと好きなことをする彼女は魅力的だ。だが自由にさせることが彼女のためだと思っているのなら、それは愛し方としては間違っている」

マリアンヌはイザークがそんなふうに自分を見てくれていたことが信じられず、頭をもたげディオンを睨む厳しい横顔を見上げた。

「もちろんエーヴェの王太子妃となることで彼女には窮屈な思いや辛い思いをさせるかもしれない。だが俺はそれを一緒に乗り越えていきたいと思っている。困難なことがあるとわかっていても、俺たちはお互いを必要だと思っているし、俺の人生にマリアンヌが必要だから結婚を申し込んだんだ。自分の理想だけを彼女に押しつけるんじゃない！」

口調は厳しいが諭すようなイザークの言葉に、黙って話を聞いていたディオンはやがて諦めたようにがっくりと肩を落とした。

可哀想になるほど落ち込む様子にマリアンヌは思わず声をかけてやりたくなる。しかしイザークはそれをさせなくする言葉を口にした。

「あなたからも自分の気持ちをはっきり言ってやれ」

それは慰めの言葉ではなく、自分で引導を渡せと言われた気がした。

確かにここでマリアンヌが慰めの言葉をかけても、彼の想いに応えてやることはできない。それならここできっぱり想いを断ち切ってもらった方がいい。

マリアンヌは幼馴染みの顔を見つめて、ゆっくりと言葉を選ぶ。

「あの……ディオン、ごめんなさい。私、イザークを愛しているの」

ディオンは一瞬目を見開き、それから唇にやるせなさそうな笑みを浮かべた。

「もっと早く勇気を出しておまえに気持ちを伝えておけばよかったな。この男と……出会う前に。結婚おめでとう。おまえの……幸せを祈ってる」

そのまま背を向けるディオンにかける言葉がない。彼の言う通り、もっと早く、イザークに出会うよりも先に彼の想いを知っていたら、今が変わっていたのだろうか。

「……」

扉が閉まる音に涙ぐむ。ずっとそばにいすぎて気づかなかった想いが痛かったからだ。

するとしんみりと涙ぐんだままのマリアンヌの頭の上で大きなため息が聞こえた。

「どうして俺以外の男の前で愛しているなんて言うんだ！」

突然怒鳴りつけられて、マリアンヌは目を丸くする。

「だって、イザークがはっきり言えって」

「あなたとは結婚できないとか、他にいくらでも言い方があるだろう！」

イザークは我慢ならないとばかりに叫ぶと、マリアンヌを乱暴にソファーに下ろした。まるで荷袋でも扱うようなぞんざいな仕草だ。

「そもそもどうして簡単に手を握らせたりしたんだ！　まさか俺が来なければ一緒に逃げるつもりだったんじゃないだろうな」

「もう！　どうしてそんな言い方するのよ！　手を握らせてしまった私も悪いけど、ディオンは幼馴染みで今までそんな素振りなんて少しも見せなかったの！　友だちだと思っていた人にあんな告白を聞かされて、私だって驚いたんだから！」

そもそもどうして愛していると言って怒られるのかもわからないし、あの状況で告白された方が悪いと言われても困る。

不当に怒鳴られているとしか思えずマリアンヌがふくれっ面を向けると、イザークはドサリと音を立ててソファーに身体を投げ出した。

「それで？　俺の花嫁にはあと何人親しい男がいるんだ」

横目で恨みがましい口調で問われてさらに腹が立ってきて、ついけんか腰になる。

「は？　なんのこと？」

「昨日だって俺の前で堂々と他の男と抱き合っていたじゃないか」

「……抱き合っていたって、エリックのこと？　彼はミレイユの婚約者だって言ったじゃない」

だから昨日エリックと話をしているとき、割って入るような言い方をしたのだろうか。だとしたら彼の考えすぎだ。

それに自分だってつい最近まで婚約者が五人もいて、マリアンヌを不安にさせたばかりなのに、まるでマリアンヌが浮気でもしたような言い方だ。

「姉の婚約者だろうがなんだろうが男は男だろう。俺以外の男に気安く触らせるんじゃない！　俺以外にあなたをマリーと気安く愛称で呼んだり触れたりする男がいるのも我慢ならないんだ」

「でもエリックは子どもの頃から知っているし、お兄様か従兄（いとこ）、あなたとカリナ様のようなものよ。それにラウだって船のみんなだって、私のことをマリーって呼んでいたじゃないの」

「あの時はあなたの本当の名前を隠していたからだろう。とにかく他の男に隙を見せるなと言っているんだ」

まるで駄々（だだ）っ子（こ）だ。

まだ一緒に過ごした期間は短いが、船のみんなにからかわれて照れて怒ることがあっても、こんなふうに執着したり、理不尽に自分の理屈を押しつけてくるのは初めてだ。

意外な独占欲に少しびっくりしたが、好きな男性から嫉妬されるのは悪い気がしない。

疑われることなどひとつもないが、イザークがマリアンヌを見てくれているのが嬉しかった。

　マリアンヌは突然自分より大人だと思っていたイザークが同年代の少年のように見えて、可愛く思えてくる。

　ふて腐れて横を向くイザークを見てクスリと笑いを漏らす。まだまだ自分が知らない顔があって、それをひとつひとつ見つけていくのは、船に乗って航海をすることに似ているかもしれない。

　穏やかで凪いでいるように見えて、実は今のように嵐がいつ襲ってくるかもわからない。イザークとならそんな人生も冒険として楽しむことができるだろう。

　マリアンヌはソファーに身体を投げ出すイザークの腕にしがみついた。

「わかったわ。これから気をつけるから機嫌を直してちょうだい。それとも私たちの結婚式を中止にするつもりじゃないでしょうね？　今度こそお父様があなたをただではおかないと怒ると思うけど。お父様は剣の達人なのよ。あなた一度手合わせしてみる？」

　マリアンヌの挑発するような言葉に、イザークは敵わないと思ったのか深く息を吐き出した。

「……降参だ。結婚式の直前に花嫁の父親と揉めるのはごめんだ」

「よかった。考え直してもらえて嬉しいわ！　では侍女を呼んですぐに化粧を」

　そう言って立ち上がりかけたマリアンヌの腕をイザークが素早く引き、その腕の中に抱き留めた。

「それはもう少しだけあとにしよう。今は……結婚式の前にあなたを補給したい」

まるで船の食料を補充するような言い草だが、マリアンヌに異存はない。昨日からずっとふたりになれなくて焦れていたのはこちらも同じなのだから。

マリアンヌが目を閉じるよりも早く唇が重なり、すぐに深いキスに変わる。歯列を割って入ってきた舌に自分から舌を差し出すと、敏感な粘膜が熱く絡み合った。

ざらつく舌の刺激で首筋から背筋へ抜けていく快感に、身体をぶるりと震わせる。ヌルヌルと何度も舌が擦り合わされて、マリアンヌの鼻先から熱い吐息が漏れた。

「ん、く……ふ……んぅ……」

頭の中が真っ白になって、いつまでも味わっていたくなる甘い甘い口づけだ。

昨夜からの鬱憤をすべて注ぎ込むような荒々しさもあり、彼の熱情に巻きこまれて嵐の海で翻弄される小舟のような気持ちになる。右に左にと揺さぶりをかけられ、自分がどこへ行き着くのかわからなくなるのだ。

「マリアンヌ……愛している」

唇を重ねたまま掠れた声で呟かれ、マリアンヌはそれに応えるように腕をイザークの首に巻き付け、さらに口づけが深くなるように頭を引き寄せる。

「好き……私も、大好きよ……」

その言葉にマリアンヌを抱いていた腕にさらに力がこもる。さすがに教会の控え室でこれ以上はまずいと思うが、イザークはわかっているだろうか。

イザークがこんなに独占欲が強い男性だとは思わなかった。マリアンヌは結婚式の前の戯れにしては激しい口づけを受けながら頭の隅でそんなことを思った。

嫉妬深い男というのも案外悪くない。彼がこうして怒るのはどれだけマリアンヌを好きかという愛情の表れでもあるからだ。

でも他にもマリアンヌに気軽に触れたり愛称を呼んだりする男性が近衛隊にごっそりいることは黙っておいた方がいいだろう。あまり嫉妬をされても疲れてしまいそうだ。

イザークとの長いキスが、一段と熱を帯び結婚式のことなど頭の片隅に追いやられてしまったときだった。

どんどんと強く扉を叩く音がして、ふたりは飛び上がるようにして唇を離す。扉を叩いた人物は踏み込んでは来ないが、いい加減にしろと言わんばかりの勢いで扉を叩き続けている。

イザークはマリアンヌをソファーに下ろすと、舌打ちをしながら立ち上がり扉を開けた。

「……やっぱりおまえか。うるさい」

不機嫌なイザークの声に首を伸ばしてすかし見ると、扉の向こうにはユーリが立っている。さらにその後ろにはマリアンヌの身の回りの世話をする侍女や乳母も勢揃(せいぞろ)いしていた。

「何度ノックしてもお返事がないので少し強く叩いただけです。お時間ですので礼拝堂へお越しください。皆様すでにお揃いです。さ、どうぞ」

ユーリの合図で待ち構えていた侍女たちがわらわらと部屋の中へ入ってくる。

「まあ姫様、ティアラが落ちかかっているじゃないですか。それにお化粧も！」

「なにをなさったらこんなことになるんですか！　今日はお転婆はなさらないでくださいとばあやはあれほど申し上げたのに！」

あっという間に囲まれて、右から左からと手が伸びてくる。

「さあ、イザーク様は先に礼拝堂へまいりましょう。そもそも結婚式当日は礼拝堂までお互い顔を合わせないのがしきたりですよ。一生に一度の晴れの日ぐらいしきたりを守ってください」

まるでマリアンヌが乳母に言われているような内容を説教されているのを見て、思わずクスリと笑いを漏らす。するとそれに目敏く気づいたユーリがマリアンヌに向き直った。

「マリアンヌ様。人ごとのようにごらんになっていらっしゃいますが、私がおふたりの結婚を反対だと申し上げた理由は思いつかれましたか？」

「え？」

そういえばユーリにそんなことを言われたが、五人の婚約者のことを言っていたのだと思い納得していたのは違っているようだ。

　マリアンヌは少し考えて首を横に振る。

「わからないわ」

「やっぱり」

　ユーリはため息をついた。

「あなた方おふたりは似過ぎているんですよ。今だっておつきの者たちの心配など気にもせず、どうせ私たちの言葉など右から左に聞き流しているんでしょう？　どちらも無鉄砲で大胆。夫婦はどちらかが抑える側に回るのが理想のバランスなんです。あちこちでやらかして歩くふたりが一緒になるのに、どうして賛成ができますか？　私はこれ以上尻拭いする相手が増えるのはごめんです」

　さすがのマリアンヌも正論すぎて耳が痛い。

　カリナもそうだが、エーヴェの人は何事にも率直で、歯に衣着せぬ物言いをする国民性なのだろうか。

　すでにユーリに迷惑をかけている自覚はあるので、返す言葉もない。

「あのぅ……ユーリが反対する理由は十分わかったわ」

「そうですか。では結婚式は中止になさいますか？」

「ええっ⁉　どうしてそうなるのよ！」

　思わず叫んでしまったが、ユーリがなぜ今そんなこと言うのか考えてみる。

彼が本当に反対するつもりなら、今日この時までいくらでも時間があったはずだ。それなのにこんな間際に言い出すと言うことは、マリアンヌが本当にイザークの花嫁に相応しいのか試しているのだ。

「結婚式は予定通りするわ。あなたがどんなに反対してもね」

マリアンヌはユーリの瞳を見つめてはっきりとそう告げた。

宣戦布告とも言える言葉に、いつも冷静で冷ややかな表情のユーリが初めて顔色を変えた。

「ではマリアンヌ様は臣下の話には耳を傾けないということですね？」

「いいえ。逆よ」

「……どういう意味でしょう」

謎かけのような言葉にユーリが少し苛立った顔になる。

「あなたの言う通り私たちは似たもの同士よ。無鉄砲だし自分の思い通りにしたい。でもね、前にイザークが言っていたの。あいつがいつも反対してくれるおかげで、俺は自分の決定が本当に正しいのか考え直させられる。本当に自分が正しいのかどうか、上に立つ者として間違っていないのか自問するいい機会を与えられているって」

出会ったばかりの頃、口うるさいユーリに不満げなマリアンヌにたいしてイザークがそう言ったのだ。それを聞いたときはユーリに反感もあったしあまり気にしなかったが、今ならイザークが言っていた言葉の意味がわかる。ユーリのおかげで、自分もこうして考えることができた。

「それは私にはできないことだわ。だって似たもの同士ですもの。それができるのはあなただけなの。イザークにはあなたが必要なのよ。ときには私以上にね」

マリアンヌはそう言い切ると、茶目っ気を出してユーリに向かって目をくるりと回して見せた。

「はぁ……」

ユーリがうんざりした顔でため息をつく。

「どうやら……少しは頭も使えるようになったみたいですね。まあイザーク様がお選びになった方ですし、主がどうしてもご結婚されるというのならお仕えいたしますが、私はあなたに迎合するつもりはありませんので」

頭も使えるとか、迎合しないとか少々引っかかる言葉はあるが、どうやらユーリを納得させることができたらしい。マリアンヌはにっこりと微笑み返した。

「もちろんよ。気になることがあったらなんでも言ってちょうだい。その方が気楽だし、私もなんでも言いますからね！　ああ、そうだわ！　あなたカリナ様と結婚したら？　あなたたち言いたいことを言う性格だし、似たもの同士でお似合いよ？」

マリアンヌの応酬にユーリは苦虫を嚙み潰したような顔になる。するとずっとやりとりを静観していたイザークが苦笑しながら口を開いた。

「ユーリ、諦めろ。マリアンヌの方が一枚上手だ」

「そのようですね。それではご希望通りこれからはビシバシと意見をさせていただきますので覚悟なさってください」

そこまでは頼んでいないのだがと思いつつ、マリアンヌはイザークに向かって眉を上げた。

「さすがは俺の花嫁だ」

イザークは手を伸ばしてマリアンヌの腰を引き寄せる。その仕草はとても自然で、もうずっと前からそうしていたようにしっくりきて、マリアンヌはイザークを見上げて茶目っ気たっぷりに微笑んだ。

「惚れ直したのでしょう？」

「ああ」

頷いたイザークがマリアンヌを腕に抱き口づけようとする。しかしそれは乳母の言葉に遮られてしまう。

「いい加減になさいませ！　結婚式さえ終わればいくらでも機会はございましょう。ほんの半刻も我慢できないほど、姫様の旦那様はこらえがきかないのですか」

ぴしゃりと言い切られて、イザークは苦笑いを浮かべて両手を上げた。

「ここにも意見をしてくれる人がいたな」

「そうみたいね」

ふたりは顔を見合わせて肩を竦めた。

ユーリと乳母にせき立てられ、イザークは仕方なく扉へと向かったが、入口のところで立ち止まる。そして名残惜しそうにマリアンヌを振り返った。

「マリアンヌ。礼拝堂で待っているからすぐ来い。俺は半刻も待てない男だから、急がないとあなたを海賊のように攫いに来るぞ」

後半部分は乳母に視線を向けていて、彼女が眉を上げて抗議するのを確認するとニヤリと口角を上げてから扉を閉めた。

「やれやれ。姫様も大変なお婿様を見つけられましたね」

乳母の言葉に侍女たちが一斉に笑う。マリアンヌはこれから始まる新しい人生はずいぶんと波瀾万丈(はらんばんじょう)になりそうだと思った。

エピローグ

クリスタルチャペルでの挙式は滞りなく行われ、その後王宮では盛大な披露パーティーが開かれた。急なことで諸外国からの賓客や祝いがない代わりに、エリックの計らいでアマーティから山のような祝いの品が届けられ体裁が整えられた。

チャペルでは自分のことで頭がいっぱいで、ミレイユとエリックのふたりが並んで座っている様子を辛うじて横目で捉えただけだったが、披露宴でお祝いを言ってくれたふたりは仲睦まじそうに見えた。

耳元でエリックになにか囁かれて嬉しそうに微笑んだミレイユの姿に、どうやらふたりの揉め事は収まったらしいとホッと胸を撫で下ろす。

ふたりから詳しく話を聞きたかったが、披露宴にはヴェルネ中の貴族が余すことなく招かれていたから、祝いを述べるために並ぶ人々の対応に忙しく、それ以上ふたりと話すことはできなかった。

当然マリアンヌの幼友達、近衛隊の面々も順番に顔を見せてくれたが、隣で番犬のように睨みをきかせるイザークを見てなにかを察したかのように、誰もが挨拶もそこそこに離れていってしまう。

あまりにもそれが繰り返されてみんなとまともに話すことができないので、マリアンヌはとうとうイザークの袖を引っぱった。

「もう、その顔！　みんな怖がっているじゃないの！」

小声でそう囁いたがイザークは態度を正すつもりはないようで。そのあとも若い男性が近づいてくるたびに威嚇するような表情を作り続けるので、マリアンヌは言うことを聞いてくれない夫にふくれっ面を向けた。

「もう少し愛想良くしてくれてもいいでしょう？　せっかくお祝いを言いに来てくれているのに。みんな子どもの頃からのお友だちなのよ」

「謝るつもりはないぞ。あいつらはこれまで散々あなたに触れてきた男なのだろう？　少しぐらい威嚇しておかねば舐められるからな」

「触れたって……」

当たり前の権利のように言ったイザークの顔は、怒っているというより拗ねた子どものようだ。素直にヤキモチを焼いていると言えばいいのに言えないイザークが、マリアンヌは愛しくてたまらなかった。

それ以外の貴族への対応はさすがに慣れたもので、貿易の話などマリアンヌにはさっぱりわからない話にもそつなく受け答えをし、突然現れた王女の花婿に驚いていた大臣たちも上手く丸め込んだようにみえる。

「マリー、ファーストダンスだ」

白地に金の縁取りがついた礼装にマリアンヌの髪飾りとお揃いのブートニアを胸に挿したイザークに手を差し伸べられ、マリアンヌはフロアに連れ出された。

披露宴でファーストダンスを踊るのは新郎新婦というのが慣例だが、ふたりにとっては本当にこれが最初のダンスだ。

普段のイザークからは女性とダンスを踊る姿が想像できなくて、手を取りながらも探るように彼の顔色を窺ってしまったが、すぐにマリアンヌは自分の心配が杞憂だったと知ることになった。

どうやらあからさまな安堵の表情を浮かべてしまったようで、すぐにイザークに心配事を見抜かれてしまう。

「なんだ、その顔は」

「あなたが……ダンスを踊れるかどうかを一度も聞いたことがなかったから」

イザークはふたりのダンスを見つめる人々の目の前で大きくターンをしてから納得顔で頷いた。

「ああ、そういうことか。海の男はダンスなど踊れない無頼漢だと思ったのだろう？」

「そんなこと言ってないじゃない。ただダンスが苦手な男の人もいるでしょう？　こんなことを言ったら怒るかもしれないけれど、私はたくさんの花婿候補の男性とダンスを踊ってきたんですもの。ダンスが苦手な男性ぐらいすぐにわかるわ」

「なるほど。俺の花嫁はたくさんの男の腕に抱かれてきたわけだ」

「もう！　すぐにそういう言い方をする！」

優雅に踊る花婿と花嫁の間でそんな会話が交わされていたことなど誰も気づかないほどの笑みを浮かべ、見つめ合いながらの会話だった。

「それにしても……エーヴェに戻ったらもう一度これをやるのよね？」

「……」

思わず黙り込んだイザークと見つめ合い、それからふたり揃ってため息をついた。

「い、今は……考えないでおきましょうか。カリナ様があまり張り切らないでくれるといいのだけれど」

ついに本音を口にしたマリアンヌの前で、イザークがハッと息を飲む。

「……しまった」

絶望したように呟いたイザークを見上げる。

「どうしたの？」

「カリナには釘を刺したが、母上にはなにも言ってこなかったことを思い出したんだ」

王妃とはそんなに深く会話をしなかったが、イザークの表情を見る限り後悔をしていることだけは読み取れる。彼女もカリナ同様なかなかにくせ者らしい。

「仕方ないわね。一生に一度だと思って……我慢しましょう」

「……はぁ」

再びため息を漏らしたイザークに、マリアンヌも苦笑いを浮かべるしかなかった。

「それにしても……いつまでここにいればいいんだ」

ダンスを終え、やっと椅子に腰を下ろしたとたん、イザークがうんざりした顔で言った。

マリアンヌも少し前から同じことを考えていたので、イザークの言葉に頷いてしまう。

あらかたお祝いの言葉も受けたし、主役はほどよいところで引き上げていいはずだ。

「ファーストダンスも終わったし、挨拶も落ち着いたようだから、そろそろ退席をしても礼儀に反することはないとは思うけれど。朝からの騒ぎで疲れてしまったのでしょう?」

マリアンヌは気遣ってそう口にしたが、イザークは頭を下げてマリアンヌにだけ聞こえるように耳に唇を近づける。

「別に疲れたわけじゃない。俺は披露宴自体はやって良かったと思っているぞ？　あなたに懸想していた男たちを一度で一掃できたのだからな。だが今は……早くあなたとふたりきりになりたいだけだ。昼に邪魔が入った続きがしたい」

耳に唇が触れそうな距離でとんでもないことを囁かれて、マリアンヌはとっさに息が触れた耳朶を押さえて真っ赤になった。

「イ、イザーク‼」

さらりと口にしたが、こんなにたくさんの人がいる場所で、誰かに聞かれたらどうするつもりなのだろう。

「どうした？　急に赤くなるなんて、なにかおかしな想像でもしたのか？」

マリアンヌの反応を見て満足げにニヤリと口角を上げるイザークを見て、さらに頭に血が上ってしまう。

船の上で船員たちにからかわれていたイザークはどこへ行ってしまったのかと思うほど余裕のある態度も癇に障るが、マリアンヌだって本当は早くふたりきりになりたいのだ。

「いいわ。行きましょう」

マリアンヌは小声で囁くと、イザークの手を取って出入り口ではなくテラスに向かう。人々に会釈をしながらイザークの手を引いて窓の外に出た。

「おい、まさかここで続きをしようなんて言うんじゃないだろうな」

「まさか！　ここから庭に下りたら私たちの寝室まで誰にも会わずに通り抜けられるの」

マリアンヌがいたずらっ子のような得意げな顔をすると、イザークが納得顔で頷いた。

「なるほど」

そのあとはもう言葉を交わすことなくふたりは小走りで庭を抜け、寝室までたどり着いた。イザークに用意された賓客のための部屋だが、改めてふたりの部屋ができあがるまで、マリアンヌは今夜からここで休むことになっていたのだ。

すでに部屋にはマリアンヌの衣装が運び込まれているはずだが、侍女たちの気配はない。

ふたりでもつれ合うようにしてベッドに倒れ込んだものの、すぐにイザークの唇から苛立たしげな声が漏れた。

「くそっ！　女の服はどうしてこんなに面倒くさいんだ」

どうやらマリアンヌのドレスを脱がせるのに手間取って、焦れったくなったらしい。特に今日はたくさんの飾りや宝飾品を身に着けているから、男性の手には余るのだろう。

今にもドレスの合わせを引きちぎってしまいそうな勢いにマリアンヌは慌ててその手を押さえた。

「待って自分でするから」

そう言って起き上がると、首に巻かれた真珠のチョーカーやブレスレット、イヤリングをひとつずつ外す。するとわずかに冷静さを取り戻したのか、イザークはマリアンヌの背後に回りこみ、身体にぴったり寄り添うように作られた小さなボタンを丁寧に外し始めた。

すぐに白い背中が剝き出しにされ、傷ひとつないその場所にイザークが熱い唇を押しつける。

「んっ」

擽ったさに首を竦めながら、ドレスから腕を引き抜くとイザークも手早く上着を脱ぎ捨て、マリアンヌの背中に広い胸を押しつけるようにしてほっそりとした身体を抱きしめた。首筋に唇を押しつけながら、イザークがコルセットで押し上げられた胸元を覗き込む。

「この眺めも悪くないな。だが俺は中身の方に興味がある」

「……もうっ」

イザークはマリアンヌが繰り出した肘鉄を器用に避けて、コルセットとパニエの紐を解き、華奢な身体を抱きあげ、膨らんだドレスの中からマリアンヌの身体を引っぱり出す。仕上げにマリアンヌが足に絡みついていたパニエとドレスを蹴ると、サラサラと衣擦れの音をさせながらベッドの下へ落ちていく。マリアンヌはあっという間にドロワーズと靴下だけのあられもない姿になっていた。

「なんともお行儀の悪い王女様だ」

イザークは笑いを含んだ声で言うと、マリアンヌの身体を反転させ、自分の上を跨ぐようにして向かい合わせに座らせる。

「そういう王女が好きなのでしょ？」

両手をイザークの首に回し問いかけるように顔を傾げると、イザークが苦笑いを浮かべた。

「ああ。一目見たときから骨抜きになったんだ」

「良かった。結婚したとたんにこれからはお行儀良くしろと言われたらどうしようかと思っていたの」

「まったくあなたという人は」

イザークはククッと笑うと、マリアンヌの頬を引き寄せて深く口づけた。

「これほど誰かを欲しいと思うのは……あなたが初めてなんだ」

やるせなさそうな、切なげな声にマリアンヌの胸にキュンとした甘い痺れが走る。

「私も……家族以外に誰かを大切だと思うのはあなたが初めて……大好きよ」

唇を重ねたまま呟くと、背中に手が回されふたりの胸がぴったりと合わさるほど強く抱き寄せられ、口づけがさらに深くなった。

初めてキスをしたときは驚いてしまいどうすればいいのかわからなかったが、今はこれがとても気持ちのいい行為だと知っている。

マリアンヌは自分から舌を差し出し、口腔に押し込まれたイザークのそれに擦りつけた。

「ん……ふ……んん……ぅ……」

いやらしく絡みつく舌の間から水音が漏れ、大きな手が背中を滑り、ドロワーズの中に潜り込む。長い指が張りのあるお尻の丸みをギュッと掴んだかと思うと、優しく揉み上げる。

「あ、ん……」

両手で双丘を持ち上げるように揉みほぐされ、マリアンヌは思わず腰を浮かし膝立ちになった。

自然と硬く立ち上がり始めた胸の先端をイザークの顔に押しつける格好になってしまい、当然のようにイザークは大きな口を開けてその膨らみを口に含んでしまう。

「ひぁ……っ」

ちゅぱちゅぱといやらしい音を立てて乳首を吸われ、そこから足の間へと甘い痺れが走る。

「や、は……あ、ん……っ……」

お尻の柔肉を揉みほぐしていた手が割れ目を滑り、後ろから足の間にすべり込む。膝立ちで身体を支えているせいで膝を閉じることができず、長い指は易々と愛蜜でぬかるみ始めた秘処へと這わされた。

「あ、んん……っ」

長い指が肉襞をかき分け、蜜孔の入口を探る。すでに蜜で濡れたそこはイザークのゴツゴツとした男らしい指を難なく飲み込んでしまった。

「んぅ……っ」

内壁を擦る刺激に顎を上げビクリと背を仰け反らせると、身体を引き戻すようにすっかり硬くなった胸の頂を甘噛みされる。その刺激に膣洞がキュウッと収斂して、イザークの指を締めつけた。

「あっ、噛まな……で……っ」

「痛くはないだろう？　もうこんなにして。いやらしい王女様だな」

「……っ」

わざと大きく指を抽挿され、マリアンヌの膝立ちになった足がガクガクと震える。がくりと膝を緩めそうになる身体をイザークが空いた手で支えて抱き寄せた。

次の瞬間膣洞から指がぬるりと引き抜かれて、マリアンヌはなんとも言えない悩ましげなため息を漏らす。

「はぁ……ん……」

「そんなに残念そうな声を出すな。もっとよくしてやるから俺の肩にしがみついていろ」

その言葉がどんな行為を指すのかわからなかったが、マリアンヌは素直に首筋に頬を押しつけるようにして、イザークの首に手を回した。

するとシュッと音を立ててドロワーズの紐が解かれ、薄い布が足の間にふわりと落ちていく。

イザークは器用に片足ずつマリアンヌの足からドロワーズを引き抜くと、それをどこかに放り投げてしまった。

「……」

濡れた足の間にひやりとした空気が入り込み心許(こころもと)ない。イザークの大きな手が再び双丘を撫でて足の間に潜り込む。

長い指が濡れ襞に触れたとたんクチュリといやらしい音がして、マリアンヌの身体が大きく跳ねた。

「さっきより濡れているな。太股まで垂れているぞ」

イザークの言葉にマリアンヌの頭にカッと血が上る。なにもしていないのに勝手に秘処を濡らすなんてはしたないと言われているような気がしたのだ。なんていやらしい女だと思ったのかもしれない。

「やぁ……」

羞恥を堪えるためにさらに強く首にしがみつくと、イザークがクスリと笑いを漏らした。

「なにが嫌なんだ？　俺が欲しくてこんなに濡らしているのだろう。素直で愛らしい身体じゃないか」

耳元で囁かれた言葉は楽しげだったが、内容は暗に淫らだと言われているだけで恥ずかしさが増すだけだ。

ゴツゴツとした太い指が増やされ、二本の指で薄い粘膜を引き伸ばされる。蜜孔を広げられるたびに愛蜜が止めどなく零(こぼ)れ落(お)ちて、さらに太股や男の指を濡らした。

「あ、ん……んん……っ」

マリアンヌの声に応えるように指の動きが速くなり、性急に快感へと追い立てられる。華奢な身体を支えていた手も足の間に伸ばされ、マリアンヌがすぐに達してしまう小さな肉粒に触れた。

「やっ……それ、いっ、しょ……だめぇ……んんっ！」

強い刺激に背を仰け反らせ身体を大きく戦慄かせたけれど、イザークの愛撫の手は止まらない。それどころかマリアンヌが反応したのが合図のようにさらに淫らな花弁を嬲る手の動きが速くなった。

「ンっ、ンっ、ンンッ‼」

指の動きに煽られ身体の奥で熱い濡れ襞がうねって、イザークの指を締めつける。このあとにくることはもうわかっていて、甘い苦しさだとわかっているのに、その瞬間を待ちわびてしまう。

「ふ、あ、あぁ……っ」

たっぷりとした胸の膨らみをイザークの頬に押しつけ、その頭を抱えるように抱きしめる。

「はぁ……早くあなたの胎内に入りたい……」

柔らかな肉の塊の下でイザークが絞り出すような声で呟く。その掠れた切なげな声にマリアンヌの身体が大きく戦慄いた。

「あ、あ、ぁ……」

うねる内壁がキュンと張りつめて、膣洞を埋めていた指を強く締めつける。快感に打ち震えるマリアンヌの身体を太い腕が抱き寄せ、柔らかな膨らみに歯が押し当てられた。その痛みにも似た甘い刺激にマリアンヌは一気に快感の高みへと駆け上がった。

「あっ、あっ、あぁ……！」

断続的な喘ぎ声を漏らしながら、次第に下肢から力が抜け落ちていく。足に力が入らず喪失感と共にへなへなと膝を折るマリアンヌの身体を、イザークはそっとシーツの上に下ろした。

足に力が入らず、すぐに閉じることができない。ヒクヒクと震え止めどなく蜜を溢れさせる花弁を晒したまま、後ろ手になんとか身体を支えるだけで精一杯だ。

しばらく荒い呼吸を繰り返しながら快感をやり過ごしていたマリアンヌは、うっすらと瞼を上げた先の自身の淫らな姿に気づき、すぐに羞恥を取り戻す。

レースの縁取りがある靴下と靴下留めだけが太股に残されていて、妙に生々しい。しかもだらしなく開いたままの足の間をイザークの黒い瞳が凝視していたのだ。

自分がとんでもなく醜態を晒していることに気づいたマリアンヌが足を閉じようとすると、イザークが身体を割り込ませてきてた。

「あ……」

「今夜は何度でも愛してやる。だから……早くあなたの胎内に入らせてくれ」

「……っ」

直接的な言葉といつもより荒々しい眼差しにお腹の奥が熱い。すでにイザークと同じ気持ちだったマリアンヌは、顔を赤くしながら小さく頷いた。

イザークの雄の熱さを知ってしまった今では、この先にさらなる快感があってそれはイザークとだけ共有できる特別なものだと知っている。

それを想像しただけで、身体の奥から焦れたように欲求がこみ上げてくるのだ。いつの間に自分の身体はこんなにも淫らになってしまったのだろう。

すっかり準備が整っていたマリアンヌはすぐにイザークが挿ってくるものだと思っていたのに、期待に反して身体を反転させられ、前に手をつかされる。まるで四つ足の生き物のような体勢に羞恥を感じた瞬間、イザークがそれを押さえ付けるように覆い被さってきた。

「あっ……い、いやよ……こんな格好……」

「いい子だから大人しくしていろ」

身体の重みに肘を折り曲げるとお尻の間にグッと硬いものを押しつけられ、濡れた蜜口に押しつけられる。そのまま硬い熱が少しずつ侵入してくるのを感じて、マリアンヌは目を見開いた。

「はぁぁ……っ……」

感極まったため息を漏らす身体にさらに男の大きな身体がのしかかる。雄芯はあっという間にマリアンヌの一番深いところにまで押し込まれてしまい、無意識に助けを求めるように手を前に伸ばしてしまう。

しかしそうさせまいと背後から胸の膨らみを鷲づかみにされ、ずるりと抜けかかった雄芯をずんと突き上げられた。

「ああっ！」

「どこに逃げるつもりだ」

まるで獣のように背後から襲われる体勢が恐ろしくて、マリアンヌは小さく呻いた。

「ちが……んんっ……ふ、あ、あぁ……っ」

ズプズプと膣洞に熱い肉竿が擦りつけられ、大きな手のひらが柔肉を揉み上げていく。

「やぁっ……乱暴に、しな……で……っ」

「大丈夫だ。あなたにひどいことなどしない。痛いことなどなにひとつしていないだろう？」

イザークは耳元であやすように囁くと、硬く尖り始めていた胸の先端を長い指で押しつぶすように捏ね回す。

「ひ、ぁ……ん」

もちろんこれまでイザークにひどいことなどされたことはない。最後はいやだと言っても激しく攻め立てられている気もするが、マリアンヌが二度と抱かれたくないと思うような乱暴なことをされたことはなかった。

それでもいつもとは違う刺激に戸惑いを感じて、つい逃げ腰になってしまうのだ。

「く……ん、んんぅ……」

熱く滾った肉竿を何度も穿たれ、マリアンヌはその刺激に淫らに腰をくねらせる。その艶めかしい動きを目にしたイザークの唇に満足げな笑みが浮かんだけれど、背を向けたままのマリアンヌにはわからなかった。

「ついこの間まで乙女だったというのに、すっかり男を喜ばせるのに長けた身体になったな」

白い背中に筋肉質な胸板をぴったりと押しつけて、マリアンヌの耳朶に唇を寄せる。

「あ、んぅ……はぁ……っ……」

つまりいやらしい身体になったと言いたいのだろうか。マリアンヌはいつの間にか抱きしめていた枕に顔を押しつけながらイヤイヤと首を横に振った。

「それは……イザークが……ああっ！」

抗議の言葉は最後まで言えずに嬌声に変わる。

「そうだ。あなたに触れていいのは俺だけだと忘れるな」

「ひぁっン！」

一際大きく腰を突き上げられ、マリアンヌは悲鳴をあげた。

「もう二度と……他の男と逃げようなどとするんじゃない。次はないぞ」

マリアンヌが自分の意思でイザークの前から逃げようとしたように聞こえるが、昂奮したディオンが勝手に口にしたことだ。

しかしずんずんと腰を突き上げられているうちに、もう自分がなにを言いたいのかもわからなくなっていた。

「あなたは……俺だけのものだ」

イザークの重みと何度も穿たれる肉棒の刺激に、次第に膝を立てていることができなくなり、気づくとマリアンヌの身体は男の下で頽（くずお）れていた。

「あ、あぁ……ん、はぁ……っ……」

それでも突き上げる動きが衰えることはなく、再び高みに押し上げられたマリアンヌは枕に顔を押しつけて、その塊を両手でギュッと抱きしめる。そうしていないと身体がバラバラになってしまいそうな強い刺激だったのだ。

「あぁ……あ、あ、あぁっ……！」

うつ伏せのまま大きな身体の下で白い四肢がビクビクと痙攣する。イザークはその身体を強く抱きしめるとマリアンヌのあとを追うようにぶるりと背を震わせながら最奥に向か

って白濁を放った。

「んぁ……は……ぁ……」

マリアンヌの意思に関係なく、膣洞が肉竿を締めつけて精を搾り取る。マリアンヌが身体を震わせながら意識を手放しかけたときだった。耳元で信じられない言葉が聞こえて、マリアンヌは重たい瞼を震わせる。

「ほら、もう一度だ」

言葉と共に華奢な身体を反転させられ、足を大きく開かされてしまった。足の間からはたった今胎内に吐き出されたばかりの白濁がとろりと溢れてリネン上に零れ落ちる。

「あ……」

自分の中から精が溢(あふ)れ出(で)ていく感触に背筋をぶるりと震わせると、イザークがクスリと笑いを漏らす。

「そんなに零してしまったら、何度出しても足りないな」

そんな理由があるだろうか。イザークの精が多すぎるから受け止めきれないかもしれないのに。拙い知識でそんなことを思ったが、反論するよりも早く足首を掴まれ、蜜壺に再び雄芯が押し込まれた。

「ふぁっ……」

たった今精を吐き出したはずの雄芯は何事もなかったように熱く滾ったままだ。マリアンヌは信じられない気持ちで首を振って拒否の意を伝えようとする。

「や、まっ……て……まだ……」

何度も肉竿で突き回された身体は回復していない。感情はひどく高揚して荒い呼吸を繰り返しているのに、手足には力が入らないのだ。

しかしそんなマリアンヌの抵抗など気にする様子もなく、イザークは欲望を穿っていく。

「やぁっ！　あっ、あっ……あぁ……！」

再び激しく突き上げられるあまりの責め苦に、マリアンヌの瞳からは感極まった涙が零れる。悲しいとか痛いとかではなく、感じすぎて感情がおかしくなってしまったみたいだ。

理性などとうにどこかに捨て去っていて、まるで人形のようにイザークに翻弄されて抵抗できない。

「や……もぉ……むり、だから……ああっ」

「無理じゃない。なにもしなくていいから、あなたはただそうして感じていろ」

これ以上感じさせられたら、きっとイザークにひどい醜態を晒してしまう。そんな姿は見せたくないのに、マリアンヌにはどうすることもできなかった。

「マリアンヌ……愛している……」

抱き潰されてしまうのではないかと言うほどの強い力でマリアンヌの身体を押さえ付け、イザークが苦しげに呟いた記憶はあるが、その先はよく覚えていない。

――私も愛しているの。そう伝えたいのに、舌が上手く動かず唇から零れるのは喘ぎ声だけで、その夜イザークにその言葉が伝えられることはなかった。あまりにも手加減なしに抱かれたマリアンヌが、翌朝拗ねてしまい、しばらく口をきかなかったからだ。

その後なんとかマリアンヌの機嫌をとったイザークは無事にふたりで帰国することになる。エーヴェでも盛大な結婚式が開かれ、マリアンヌは正式に王太子妃に任命された。最初は外国から来た王太子妃を物珍しく見守っていた国民たちも、誰もがマリアンヌの美しい容姿と人懐っこい性格に魅了され、国民から末永く愛されることとなったがそれはもう少し先の話で、ふたりの旅はまだ始まったばかりだった。

あとがき

水城のあです！　初めましての方、二度目まして以上の方も、拙作をお手にとっていただきありがとうございます。

今作品は以前にヴァニラ文庫様から出版していただいた「陛下は身代わり花嫁を逃がさない～初恋相手は絶倫王!?」のスピンオフ的なお話になります。

リュシュアンとジゼルというカップルの間に生まれた双子姫の片割れが事件に巻きこまれてさあ大変！　というお話が本作品です。

読者様から是非双子姫の話も読みたい～とリクエストをいただいていて、私も書きたいな～と思っていて編集さんにご提案したところ無事許可がいただけました。

Hさん、いつもありがとうございます！

もちろん前作をお読みでなくても楽しんでいただける内容となっていますのでご安心ください。でも絶倫王の陛下ってどんな奴だろう？　と思った方はそちらの作品も手にとっていただけるととーーーってもうれしいです！

今回はかなり活発、というかかなり破天荒なヒロインちゃんです。事件に巻きこまれるよりは自分から相手を巻きこんでやろうというタイプなので、きっとイザークは結婚後も色々巻きこまれて大変だろうな～頑張れ、イザーク！

個人的にはユーリも好きなんですが、彼は恋愛できるのかな？　イザークとマリアンヌの面倒を見ているうちに婚期を逃しそうなので、あのふたりの従者は早く辞めたほうがいいと思う（笑）

カリナちゃんもかなり良いキャラだと思います。ちょっと思い込みが激しくて一歩間違ったらヤンデレになりそうな気もしますが、いい人と出会えればいい奥さんになりそうな気がします。イザーク以外のいい人が見つかりますように‼

イラストは鳩屋(はとや)ユカリ先生に描いていただきました。表紙のイザークが色っぽい！　マリアンヌがカワユイ‼　ちょうど著者校正中にデータをいただいたので、イラストのふたりが言いそうな台詞を加筆してしまいました。素敵な表紙、挿絵をありがとうございます。

最後になりましたが、読者の皆様。いつも応援ありがとうございます。こうしてリクエストが作品になる場合もありますので、これからもＳＮＳやお手紙で励ましていただけると嬉しいです。

ゆっくりペースですが、また皆様に作品をお届けできたら！

水城のあ

じゃじゃ馬王女は野獣王子に娶られる
～溺愛が波瀾万丈です!?～

Vanilla文庫

2022年9月20日　第1刷発行　定価はカバーに表示してあります

著　者　水城のあ　©NOA MIZUKI 2022
装　画　鳩屋ユカリ
発行人　鈴木幸辰
発行所　株式会社ハーパーコリンズ・ジャパン
東京都千代田区大手町1-5-1
電話　03-6269-2883(営業)
0570-008091(読者サービス係)
印刷・製本　中央精版印刷株式会社

Printed in Japan ©K.K. HarperCollins Japan 2022 ISBN978-4-596-74870-6